Nastasia Rugani

Tous les héros s'appellent Phénix

l'école des loisirs
11, rue de Sèvres, Paris 6e

Du même auteur à *l'école des loisirs*

Collection NEUF

Quand un dinosaure déménage

Loi n° 49.956 du 16 juillet 1949 sur les publications
destinées à la jeunesse : septembre 2014
Dépôt légal : août 2015

ISBN 978-2-211-21952-5

À mon Pa^2,
et à Stypo, mon grand-père.

1

La nuit est tombée si vite que je n'ai pas eu le temps de trouver les fissures sur le pneu du vélo de ma sœur. N'ayant ni lampe torche ni rustine, nous allons devoir poursuivre la route à pied jusqu'à la maison, qui se situe à près d'une heure et demie de l'orée du bois sombre où nous nous trouvons.

– Je crois qu'une voiture approche, dit Sacha, à quatre pattes, l'oreille contre le sol.

Je l'imite, mais n'entends rien d'autre que l'ululement des oiseaux nocturnes.

– On ne montera pas dans la voiture d'un inconnu, lui dis-je.

– Même si c'est Mike Archer ?

– Qui ?

– Tu sais, le zoologiste qui pense pouvoir ressusciter les espèces éteintes.

Bien que l'idée me plaise, je me dois d'être responsable, sans quoi ma sœur se fera un jour kidnapper par le premier homme venu, scientifique ou non.

– À quoi ressemble-t-il ?

– Je ne sais pas, avoue-t-elle, contrariée. Alors, si c'est John Green ou Dario Argento, on peut ?

– Cha, on ne les connaît pas personnellement, on ne monte pas dans leur voiture.

– Tu me ferais louper la chance de rencontrer des génies ?

– Je te ferais surtout louper la chance de finir dans les entrailles du grand méchant loup. Compris ?

En guise de réponse, elle me tourne le dos, maugréant quelque chose d'inaudible. Lorsqu'une élégante voiture noire surgit à l'horizon, elle agite aussitôt les bras au-dessus de sa tête afin de signaler notre présence.

Le véhicule s'arrête à quelques mètres devant nous.

– C'est malin ! m'exclamé-je, agacée. Viens là et garde ton calme, quoi qu'il arrive, s'il te plaît.

Je lui saisis la main tandis que la portière s'ouvre. À mon grand soulagement, mon jeune professeur d'anglais avancé, M. Smith, apparaît.

– Des soucis, Phénix ? demande-t-il d'une voix enjouée.

– Du tout, répond Sacha à ma place. Phénix me faisait la morale parce qu'elle pensait que vous étiez le grand méchant loup.

– Non, je suis juste M. Smith, son professeur principal.

Je souris, embarrassée. Je déteste croiser les enseignants en dehors du lycée, surtout ceux que j'aime beaucoup.

Sans leurs polycopiés, ils ressemblent à des cloportes affolés privés de la pierre les protégeant du soleil.

– Vous portez un tee-shirt magnifique ! commente Sacha en lisant la citation inscrite. « Je crois aux nuits », c'est un vers du poète Rilke, non ? Vous avez très bon goût.

– M… merci, bafouille M. Smith.

Abasourdi, il la fixe comme si elle était un rêve devenu réalité – ce qu'elle est. Seulement, d'habitude, je suis la seule à penser qu'elle est la fillette de huit ans la plus extraordinaire du monde. La plus jolie, personne ne vous dira le contraire. Il est impossible de ne pas succomber à son charme céleste. Avec son air rêveur, son sourire troué qui la fait quelquefois zézayer, ses anglaises et ses immenses yeux noisette, on a rarement vu plus adorable lutin. Pourtant, sous cette délicate silhouette se cache une personnalité unique et détonante qui n'est pas au goût de tous. Certaines personnes à l'esprit étriqué la jugent « anormale » parce que son irrévérence et sa grande culture les mettent souvent mal à l'aise. Comme si le fait de posséder une mémoire absolue et le franc-parler d'un pirate était le signe d'une maladie mentale. M. Smith se comporte différemment. Il semble enchanté d'avoir croisé son chemin.

– Allez, mettez vos vélos dans le coffre, je vous ramène. On pourra parler littérature et cyclisme, propose-t-il, le sourire aux lèvres.

Les filles de ma classe ont raison, cet homme est trop charismatique pour être professeur de quoi que ce soit.

Hollywood l'ignore, mais c'est ici, au milieu de nulle part, que se cache la réplique exacte de Cary Grant. L'irrésistible icône du cinéma des années 1950.

– Non merci, je réponds, gênée. On habite de l'autre côté du lac.

– Et alors ?

Et alors, nous sommes à peu près les seules à vivre près des pêcheurs et des ermites. Les voitures ne s'aventurent plus ici après le coucher du soleil. « Trop de cerfs à renverser », disent les chauffeurs.

– Je crois que Phénix a peur de grimper dans votre Chevrolet parce qu'elle vous trouve très intimid…

Je m'empresse de bâillonner Sacha. Le feu me monte aux oreilles.

– Je vous prie de m'excuser, murmuré-je. On ne veut pas vous déranger, on n'habite pas si loin.

Il me sourit comme on le fait avec un chiot, puis se saisit de mon vélo et le place dans le coffre vide, sur une bâche en plastique, sans que j'aie mon mot à dire. J'hésite à m'emparer du vélo de ma sœur. Après tout, je ne connais pas *personnellement* M. Smith.

– Je ne dévore jamais les jeunes filles après dix-huit heures, me chuchote-t-il en essayant de garder son sérieux.

J'acquiesce, troublée de le voir aussi décontracté, loin des cloportes de son espèce.

L'intérieur de la voiture est plus impersonnel que la chambre d'un hôtel : du noir et du gris, propre et lustré.

Même les clés se balançant à côté du volant sont retenues à l'aide d'un simple anneau métallisé, sans porte-clés. Avant de démarrer, M. Smith nous somme gentiment de faire attention à nos chaussures boueuses, afin qu'elles ne touchent rien d'autre que les tapis de sol en caoutchouc. Nous ne bougeons plus.

– Bien. Où dois-je me rendre, mesdemoiselles ? lance-t-il sur le ton d'un chauffeur de limousine.

– À la première boîte aux lettres que vous croiserez, dans une quarantaine de minutes.

– Hum, voilà pourquoi tu es toujours en retard à mes cours.

– Non, ça, c'est parce que Phénix a un sens très personnel du temps, révèle Sacha. Elle suit les mouvements du Soleil et de la Lune, comme les Mayas.

M. Smith rit. Je ne l'avais jamais entendu rire en dehors de notre salle de classe. Dans les couloirs, il prend le même air que ma sœur lorsqu'elle regarde les informations à la télévision, un mélange de rage et de tristesse absolue, comme si la vie n'était qu'une succession de catastrophes à venir.

Je n'ai nullement besoin de faire la conversation car Sacha s'occupe de tout. Elle sait à quel point je suis malhabile à l'oral, préférant me taire plutôt que susciter malaise et railleries. À l'inverse, Cha est très douée pour converser le plus naturellement du monde, sans se soucier du qu'en-dira-t-on, et sa curiosité lui donne l'air plus altruiste qu'indiscrète. M. Smith répond d'ailleurs à son interrogatoire avec beaucoup d'enthousiasme. J'apprends qu'il ne sait pas nager, dessine des plans d'objets qu'il ne construit jamais, adore la poésie de Neruda et déteste celle de Whitman, préfère Maggie à Bart Simpson, les Snickers aux Twix, Tchaïkovski à Schubert, qu'il a vécu une enfance difficile en Angleterre, et se destinait à faire médecine avant qu'un événement familial ne l'en empêche.

Intriguée, Sacha réclame des détails. Mais ce regain d'intérêt semble alors le froisser, comme si déjà nous en savions suffisamment pour lui nuire. Le dos raide et l'air inflexible, il dévie la conversation avec brio, s'inquiétant de notre absence d'intérêt pour les activités extrascolaires organisées en club ou en groupe. « Il faut parfois se forcer à aimer les choses », affirme-t-il avec conviction, quand, soudain, notre attention se porte sur l'opaque fumée noire se dessinant au-dessus des pins. Plus on approche de la maison, plus les nuages s'épaississent et plus l'anxiété de Sacha est visible. Je ne suis pas préoccupée. Je ne peux pas l'être, ni faire semblant. Ma sœur creuserait son ulcère si je n'étais pas tranquille pour deux. Son estomac flaire l'inquiétude bien mieux qu'un prédateur sa proie. Sa respiration s'accélère dangereusement, sa mâchoire se contracte, c'est tout juste si elle entend M. Smith lui demander : « Je n'ai pas bien compris, combien de loups as-tu vu ? » Lorsqu'elle se met à suffoquer, je détache sa ceinture et la serre contre moi. Notre chauffeur se retourne à plusieurs reprises, nerveux. Tout à coup, il tend le bras droit vers Cha. Stupéfaite, je suis du regard la main de mon professeur qui retire une à une les petites bottes rouges afin de les déposer sur le tapis de sol.

– C'est mieux, affirme-t-il, me souriant dans le rétroviseur.

Après quelques hésitations, je trouve le courage de répondre à sa question, concernant les canidés :

– Nous n'avons vu qu'un seul loup, un très bel alpha gris.

– Ah oui, où ça ?

– À l'exact endroit où vous nous avez trouvées.

– Je comprends mieux pourquoi tu as eu si peur, réplique-t-il.

J'ignore s'il parle de l'alpha ou de lui. Peut-être se moque-t-il de moi, je ne saurais dire. Son expression est plus énigmatique que celle de la Joconde.

– Je n'ai pas eu peur. Les loups ne s'attaquent qu'aux plus faibles.

– Tu ne crois pas être plus faible qu'un loup ?

– Non, pas quand je suis avec Sacha et le fusil de mon père.

M. Smith est sur le point de plaisanter, les yeux déjà rieurs, lorsque Sacha pousse un hurlement de terreur. Une crise de panique la submerge.

2

Je me rappelle la première crise de panique de Cha, il y a trois ans de cela.

J'avais trouvé sur la rive du lac un oiselet mort noyé et je me faisais une joie de le montrer à ma petite biologiste en herbe, car il est extrêmement rare pour un volatile de mourir ainsi. Tous les oiseaux ont la capacité de flotter grâce à leurs plumes hydrofuges. Cependant ma sœur se figea devant le minuscule cadavre gonflé d'eau, les yeux épouvantés et pleins de larmes. Je me sentis d'autant plus coupable qu'elle se mit à trembler des pieds à la tête, poussant des cris effroyables. Après un long et dernier sanglot, elle demanda : « Moi aussi, si je meurs, ce sera pour toujours ? » « Je n'en ai pas la moindre idée, répondis-je sans mentir, personne ne sait ce qu'il y a après. »

Je vis alors ce que je vois aujourd'hui dans son regard affolé : un amoncellement de questions sans réponse, comme ce point d'interrogation formé par la fumée au-dessus de notre maison. La mort de l'oiseau a été le premier choc, la source dont ont jailli des vagues et des vagues de grands pourquoi, de grands comment. Les énigmes insolubles sont devenues la hantise de Sacha. Je me rassure toutefois en pensant que ses craintes ont beau être celles d'un vieillard proche de la fin, sa façon violente et irrationnelle de réagir n'en reste pas moins celle d'une petite fille à qui l'on avouerait que les fées n'existent pas. Ce n'est pas cette innocence que je cherche à faire disparaître, c'est sa brutalité. Heureusement, j'ai réussi à perfectionner des techniques de défense efficaces contre ses attaques de panique. Je susurre les formules magiques qui l'apaisent en lui massant les tempes. Je lui parle de la loi du mouvement de Newton, de la poussée d'Archimède, de la relativité et du théorème de Pythagore. Précises, quantifiables, logiques, les théories scientifiques la réconfortent.

Sacha ferme les yeux et je lui explique que la combustion est une réaction chimique exothermique à trois facteurs, appelée le triangle du feu. Rien d'irrationnel ici. Quand elle respire à nouveau normalement, la tête posée sur mes genoux, je réalise que les volutes de fumée ne proviennent pas de notre cheminée mais de derrière la maison, probablement du jardin.

– Est-ce que tu crois que tes parents brûlent quelque chose ? murmure M. Smith, car Cha semble s'être endormie.

– Non, Erika rentre samedi.

– Tu as une grande sœur ?

– Non, Erika est ma mère.

Il a l'air d'attendre un éclaircissement qui ne viendra pas. Je suis une personne secrète, « plus secrète que la recette du Coca-Cola », dit toujours Sacha.

Devant la maison, mon professeur ouvre la portière et se charge de porter Cha, ses bottes à la main. Si je racontais cette anecdote au lycée, j'aurais plus d'amis que Mark Zuckerberg sur Facebook. Enfants, parents, filles, garçons, tout le monde est du même avis. M. Smith est un professeur de légende, plus génial encore que M. Keating, le « Ô capitaine ! Mon capitaine ! » du *Cercle des poètes disparus*. Plus captivant qu'une expérience de chimie réussie, il est le seul enseignant capable d'écrire des commentaires à la fois bienveillants et déroutants sur votre bulletin, quel que soit votre niveau. Sans parler de son élégance naturelle, de ses mouvements gracieux, de son impeccable coiffure ou de sa fossette au menton, cet homme a plus de connaissances qu'un Trivial Pursuit. Mais je ne dirai rien à personne, car « on ne peut pas avoir cinq cents millions d'amis sans se faire quelques ennemis ». Et j'ai suffisamment observé mon environnement lycéen pour savoir qu'un seul ennemi suffit à ruiner votre vie. Il est de ces événements qu'il vaut mieux garder pour soi.

M. Smith insiste pour rentrer le premier, au cas où le feu se serait propagé à l'intérieur. Notre chalet vétuste est tout de bois vêtu, par conséquent les flammes l'auraient décimé plus vite qu'un château de paille. Cependant, je me garde bien de le prévenir. Je n'ai aucune envie de lui annoncer que même allumer les lumières chez nous revient à courir un danger mortel.

Sacha se tient à présent debout, me serrant la main à m'en couper la circulation. Aussitôt à l'intérieur, je note l'absence du présentoir à cannes à pêche dans l'entrée. Cha aussi, qui broie ma main deux fois plus fort. À la lisière du bois, à quelques mètres de la barrière cassée de notre jardin, Erika est accroupie face aux gigantesques flammes, trop absorbée pour remarquer notre présence. Inutile d'être Einstein pour comprendre que la moitié des meubles et bibelots de notre maison se trouve au cœur du brasier. M. Smith baisse la tête, sûrement gêné de découvrir que l'incendie est volontaire.

Soudain, je réalise que les affaires qui brûlent sont celles de papa. Uniquement les siennes.

Tout est là : ses cannes à pêche, le fauteuil dans lequel il ronflait après le déjeuner, le secrétaire au tiroir secret dissimulant nos poèmes écrits pour la fête des Pères, les masques africains rapportés du Ghana, nos souvenirs de voyage au grand complet, les piles de magazines scientifiques ayant autrefois submergé le salon, ses tabourets faits main, ses dessins accrochés au mur de NOTRE chambre, les photographies encadrées, son gilet de pêcheur et tant d'autres objets probablement déjà carbonisés.

– La barque, peine à articuler Sacha. Elle a pris la barque.

Je sais bien qu'il faut que je dise quelque chose de

réconfortant, d'extraordinaire même, afin que ses pleurs cessent au plus vite. J'ai l'habitude de la consoler ; c'est ce que je fais de mieux. Sauf que cette fois-ci j'ai un tronc d'arbre dans la gorge, un tronc sec de la taille d'un séquoia.

– Vous en construirez une nouvelle, ne vous en faites pas. Personne n'y touchera, j'y veillerai, promet M. Smith, les poings serrés. Je pourrai vous aider à dessiner le plan ou bien à collecter les pièces.

Il nous sourit, évitant soigneusement de croiser notre regard. Ne sachant quoi dire ou faire de plus, il nous tapote maladroitement le crâne puis s'en va. Je lui suis reconnaissante de s'éclipser. Ce feu est trop triste, trop intime pour un inconnu, si bienveillant soit-il.

Il va de soi que nous ne discutons pas du brasier avec Erika. Elle prépare le dîner en silence et nous picorons. Notre appétit s'est perdu dans les cendres disséminées sur la pelouse.

Il n'y avait plus rien à sauver à la fin, si bien qu'il n'y avait plus rien à dire.

La vérité est que, depuis le départ de papa, Erika nous parle très peu. Lorsqu'elle le fait, il s'agit d'abord des factures, puis de la liste des courses et enfin des carnets de notes. Nous n'avons jamais été proches et je me suis demandé si elle n'aurait pas préféré que papa nous emmène avec lui, pour faire table rase du passé, y compris des enfants. Après tout, elle n'a pas eu le choix, vu que papa s'en est allé sans dire au revoir, sans laisser ni adresse ni téléphone. Un peu à la manière des maîtres qui abandonnent leurs chiens sur une aire d'autoroute avant de partir en vacances.

Je dois admettre qu'Erika fait des efforts – insuffisants – à l'égard de ma sœur puisque, contrairement à moi, Sacha n'est pas le portrait craché de papa. Je suis la seule à avoir hérité de ses cheveux d'un blond sablonneux, impossibles à coiffer, et de ses yeux tristes et pâles. J'ai sa voix caverneuse, son air taciturne et négligé, sa façon de marcher « à pas d'aigrette bleue », comme il dit, ce qui signifie que, malgré notre allure gauche et haut perchée d'oiseau des marais, nous avançons avec légèreté sans nous faire remarquer – et cela même chaussés de nos grosses bottes de trappeur. Je lui ressemble tellement que notre mère fuit dès que je m'approche d'elle, elle retient son souffle, le nez pincé, comme si j'étais le fantôme de mon père. À force d'oublier qu'elle existe, elle va bien finir par disparaître, doit-elle se dire.

Il m'arrive de ne plus savoir à qui en vouloir. Bien sûr, nous n'avons jamais pu compter sur notre mère, mais maintenant papa est ailleurs à bord de son bateau, trop loin pour compter tout court.

3

Devant le portail du lycée, Vanille me saute dessus, plus vive qu'un coup de fusil.

– Sacrée veinarde ! Alors ? Raconte !

Il me faut trois longues secondes pour comprendre qu'elle fait référence à l'incident « M. Smith » plutôt qu'à l'incendie, ce à quoi je ne cesse de penser. Comme le ferait remarquer papa, les nouvelles circulent plus vite que des fourmis rouges dans la région. Surtout si Vanille s'y emploie.

– Sacha a crevé un pneu. Il nous a ramenées, résumé-je.

– Et ?

– Et il est parti.

– T'es vraiment chiante ! De quoi avez-vous discuté ? s'exclame Vanille.

– Il a surtout parlé à Cha.

– Ça ne m'étonne pas ! T'étais assise à côté de lui, au moins ?

– Non.

– Moi, si j'avais eu ta chance, je me serais assise tout près de lui, dit-elle en soupirant, limite sur ses genoux pour sentir son after-shave, et plus si affinités. Tu crois qu'il en pince pour toi ?

– Tu veux vraiment que je réponde à une question aussi bête ?

Elle rit et me pousse gentiment. La sonnerie retentit.

– Tu ne vas pas t'en tirer comme ça ! me prévient-elle.

Je n'en doute pas. Vanille dirige la gazette du lycée mieux qu'un membre du Mossad ses interrogatoires. Peu de chose échappent à ses oreilles à l'affût. Quant à son œil de lynx, il lui vaut le surnom de « Big Brother is watching you ». Il faut dire qu'elle a découvert que notre ex-proviseur trompait sa femme dans les toilettes des filles du deuxième étage avec l'ex-conseillère d'orientation. Un scoop de taille.

Vanille est une bonne copine, mais je n'irais pas jusqu'à employer le terme d'« amie ». D'une part, je n'ai pas d'autres amis que ma sœur et, d'autre part, si je devais en avoir une, je ne choisirais pas Big Brother. Je ne dis pas cela méchamment. Tout le monde connaît son manque de loyauté, la faute à ses talents de journaliste sans scrupule. Elle ignore le principe même de l'amitié. À la place, je choisirais son petit ami, Dee, un garçon intelligent qui lui conseille d'excellentes lectures.

La première fois que Vanille m'a adressé la parole, c'était pour connaître mon opinion au sujet d'un livre. « Je suis amoureuse d'un rat de bibliothèque, s'était-elle justifiée, et j'ai cru comprendre que tu lisais plus vite que ton ombre.» Elle avait besoin de moi car elle faisait déjà partie de quatre clubs, pratiquait trois sports et ne pouvait réduire davantage ses heures de sommeil. Au fil des lectures, nous nous sommes rapprochées pour finalement nous apprécier. Même si j'ai un peu de peine pour Dee, je suis ravie de pouvoir rendre ce type de service, car papa nous a toujours donné des listes et des listes d'ouvrages à lire. «Tant qu'il y aura des livres et des plantes, tout ira pour le mieux», avait-il l'habitude de dire, un pavé dans une main, un arrosoir dans l'autre.

En ce moment, je lis *La solitude des nombres premiers,* de Paolo Giordano, un roman brillantissime. Sacha l'a d'ailleurs classé dans son Top 3, entre *Max et les Maximonstres*, de Maurice Sendak, et *La mouette*, de Tchekhov. Tous les soirs, nous lisons les suggestions de Dee ensemble, à voix haute. Avant d'éteindre la lumière, elle insiste pour chercher dans le dictionnaire les mots difficiles puis je lui explique les subtilités lui ayant échappé. Au réveil, elle n'a pas son pareil pour citer ses passages préférés, qui bien souvent se trouvent être également les miens.

M. Smith ne m'interroge pas une seule fois ce matin, fait plutôt rare étant donné ma place au premier rang, face à son bureau. Je suis de préférence au fond mais il nous a installés selon son quadrillage favori : le taux de participation à l'oral. Plus il est élevé et volontaire, plus vous êtes éloigné du tableau et des supplices. Avec un taux à 0 % depuis la rentrée, je me retrouve sur le territoire des désaxés à chaque nouveau placement, toujours entre le cancre et le souffre-douleur, à un postillon du professeur.

Son indifférence reste la punition suprême. Mieux vaut récolter son fameux regard « Je suis affreusement déçu » et sa voix raide qu'un silence de cette espèce. Néanmoins, je ne peux pas lui en vouloir d'éviter la fille d'une pyromane. Si j'étais à sa place, j'en ferais autant.

Quand je lève les yeux sur lui à la fin du cours, il m'adresse un signe de l'index, m'ordonnant d'approcher. Je m'empresse de le rejoindre, rassurée. Vanille mime un geste obscène dans son dos avant de disparaître.

– Est-ce que ça va ? demande-t-il.

J'ai très envie de lui répondre que, depuis le mois de juillet dernier, cette question est sur la liste noire des expressions dans ma famille. Puisque non, ça ne va pas.

– Oui, très bien, me contenté-je de répliquer.

– Je veux dire, est-ce que ça va *vraiment* ?

Je le fixe, confuse. Seule ma sœur s'intéresse au bien-être des inconnus, s'inquiétant de savoir si les dames de la cantine sont suffisamment payées ou si elles ont le droit d'emporter les restes des plats le soir chez elles. M. Smith semble réellement soucieux lui aussi, et cela me touche beaucoup. C'est pour cette raison que je ne lui réponds pas ; je ne veux pas lui mentir.

Le silence qui suit est pareil à une étiquette qui gratte

– d'une pénibilité sans nom –, mais je tiens bon. Il cédera tôt ou tard, je suis imbattable à ce jeu.

– Est-ce que ta mère, enfin *Erika*, sera présente à la réunion parents-professeurs, lundi prochain ? dit-il en s'éclaircissant la gorge, faute d'avoir reçu une réponse à sa question précédente.

– Possible.

– Hé, je te prierais de faire des phrases, et d'obtenir un oui franc et massif d'ici lundi, car, si ma mémoire est bonne, elle n'est jamais venue, reproche-t-il gentiment.

Il ignore que, dans mon univers, les mères ne participent à aucune réunion, kermesse et autres événements sociaux incluant une relation parent-enfant.

– En plus, j'ai écrit un éloge superbe à ton sujet, trois pages recto verso couvertes d'hyperboles !

– Merci, monsieur.

– Pas de quoi, mam'zelle. Sinon, le vélo est réparé ?

– Non, nous sommes venues en bus.

Sacha s'est adressée au chauffeur en descendant du bus. Elle lui a suggéré trois itinéraires différents, pouvant chacun faire gagner douze minutes et quarante-cinq secondes aller-retour à ses passagers. « C'est ma démonstration scientifique, pour votre chef », a-t-elle conclu en tendant une enveloppe rose à paillettes, décorée à la main. Je mettrais mes doigts à couper que demain le conducteur ne s'arrêtera pas à notre station.

M. Smith semble désormais perdu dans ses pensées, observant la corbeille à papier comme s'il allait la faire léviter ou exploser. J'ignore si j'ai l'autorisation de m'en aller alors j'attends, une épaule appuyée contre le tableau.

– Redresse-toi, s'il te plaît, tu vas te salir, finit-il par dire. À quelle heure termines-tu les cours, déjà ?

– À seize heures trente.

– J'imagine que tu dois récupérer ta sœur à l'école, alors je viendrai vous chercher sur le parking à cinq heures moins le quart, suggère-t-il.

Je m'apprête à refuser quand il lève l'index.

– T-t-t-t, je ne t'ai pas demandé ton avis, et surtout ne sois pas en retard !

4

Vanille m'attend devant les toilettes, les yeux avides de confidences. M. Smith nous a raccompagnées le restant de la semaine, cependant je ne lui en dirai pas davantage car nous sommes vendredi. Et le vendredi, c'est Baldini.

Je dois me dépêcher car, à dix heures, Merlin Baldini traverse le couloir des laboratoires de sciences pour rejoindre son entraînement de natation. Je n'ai évidemment ni physique ni chimie le vendredi, encore moins natation. Malgré cela, je fais en sorte de me trouver à cet endroit « par hasard ». J'ai honte de l'admettre, mais je connais son emploi du temps par cœur. Je l'ai dérobé à une fille de sa classe. Il est en première A, la classe sportive, la même que Dee. La même que tous les garçons au physique avantageux.

Je n'ai jamais adressé la parole à Baldini, cela va de soi. Nous n'appartenons pas au même cosmos. Si un jour une monarchie devait être instaurée, il serait sans hésiter le roi, au-dessus de M. Smith, alors que je croupirais dans les bas-fonds, partageant mon pain rassis avec les membres du club de magie. Non pas que je tienne à être populaire ou à être reine. J'aime pouvoir circuler tranquillement sans avoir à serrer des mains comme un président en campagne. En toute franchise, je ne comprends pas le concept de réputation. J'ai fatalement surpris des regards hautains sur mes pantalons trop longs et trop larges, couverts de boue aux revers, ainsi que sur mes vestes de bûcheron, néanmoins je ne m'en préoccupe guère, tout le monde le sait. J'ai beau fréquenter Vanille, je suis trop discrète pour être de celles dont on se souviendra des années après avoir quitté le lycée – et je ne m'en plains pas le moins du monde. Nous autres, les enfants de la forêt, nous ne faisons que passer.

Il est donc tout à fait inhabituel qu'un garçon du type Baldini me plaise, du type qui parle fort, se fiche de tout, rit grassement et semble constamment à la recherche d'une bonne bagarre. De plus, il est de notoriété publique qu'il consume autant de filles que de cigarettes, et c'est un euphémisme de dire qu'il fume beaucoup. Je me trompe sûrement en pensant que Baldini est un peu plus profond que sa garde-robe de mauvais garçon, ses cheveux blonds parfaitement en bataille, et sa paire d'yeux verts capables de vous déraciner le cœur tout entier. Pourtant, je me sens intimement liée à lui.

J'ai conscience d'être différente de ses nombreuses conquêtes et admiratrices, pour la simple raison que je ne l'admire pas. Du moins, je ne crois pas que son charme soit sa principale qualité. J'aime le fait que, même si nous ne nous connaissons pas, il m'adresse toujours un franc sourire qui signifie «Tu es la fille du vendredi, je te reconnais». Les jalouses soutiendront que je me fais des idées et elles auront peut-être raison. Il n'empêche qu'il me sourit, les canines blanches, visibles, les yeux qui s'allongent sans une once de moquerie. J'ai l'impression qu'ailleurs, dans une dimension parallèle ou, au contraire, précisément ici, un sentiment profond nous unit. J'ignore lequel mais il me donne le vertige. Parfois – c'est idiot à dire – nos regards se croisent dès le début du couloir et son trouble est deux fois plus visible que le mien lorsque nous nous frôlons. Ces jours-là sont électrisants. Cependant il ne faut pas se méprendre, je n'y vois pas la moindre tentative d'approche, je n'ai pas cette arrogance. Je dis juste qu'il me semble plus doux et plus attentionné que les rumeurs courant à son sujet le laisseraient supposer.

Baldini est en retard. Tellement en retard que cela devient compliqué de faire semblant d'être passée par là par hasard.

Je lis les consignes de sécurité en cas d'incendie pour la cinquantième fois quand enfin sa tête se détache de la masse de lycéens. Je retiens à peine mon enthousiasme tant il semble ravi de traverser ce couloir à cet instant. Il agite frénétiquement la main pour me saluer, avec la joie de celui qui découvre un être cher venu l'attendre sur le quai d'une gare. Je peine à y croire. Pour ne pas être ridicule, je vérifie derrière moi avant de lever le bras à mon tour. Une jolie rousse aux faux airs de Jessica Rabbit lui souffle un baiser en me passant devant, tout sourire, piétinant au passage mon espoir et ma dignité. Je déguerpis au plus vite, dénombrant les pas qui me séparent de mon humiliation. Il m'en faudrait un bon million avant de retrouver ma fierté, et je suis si loin du compte que ma vue se brouille.

Comment ai-je pu attendre six mois avant de vérifier si quelqu'un se trouvait derrière moi chaque vendredi ? Il est fort probable que Baldini n'ait jamais remarqué ma présence, que le sentiment dont je parlais ne soit que le fruit de mon imagination. En réalité, je n'étais que l'ombre de Jessica Rabbit.

Sacha et M. Smith papotent comme deux vieux amis. Elle lui raconte sa journée, en détail, menus de la cantine et éternuements compris. Il l'écoute avec une concentration particulière, comme si elle lui confiait des secrets d'État. Même papa ne possède pas la patience de mon professeur d'anglais. C'est à se demander s'il ne fait pas semblant.

Une fois n'est pas coutume, je suis contente de ne pas avoir à m'exprimer. Si j'ouvrais la bouche, Sacha devinerait immédiatement que quelque chose, ou plutôt quelqu'un, m'a contrariée. Elle me questionnerait sans relâche. En cela, elle ressemble à Vanille, même si ma sœur parviendrait finalement à trouver les mots justes et drôles pour me réconforter. Elle dirait par exemple que les garçons naissent avec un cervelet moins volumineux que celui des filles, que cela justifie leur manque de perspicacité. Elle s'appuierait sur l'article d'un éminent professeur publié dans *Science Magazine*, et nous approfondirions ses recherches. Toutefois je préfère qu'elle s'amuse avec M. Smith. Elle est parfois si absorbée dans ses livres qu'elle en oublie d'être une enfant de huit ans.

Cha s'est prise de passion pour mon professeur. Elle affirme qu'en ce mois d'avril il n'existe personne de plus aimable et de plus dévoué que lui. Je ne peux pas la contredire. Il vient nous chercher tous les matins et nous ramène tous les soirs, juste pour nous éviter de nous lever tôt et de rentrer tard. Il estime qu'il est de son devoir de veiller à notre sécurité. J'ignore pourquoi, mais je me réjouis de constater qu'il reste un être humain sur cette planète s'inquiétant de nous savoir en vie. J'aurais presque foi en l'adulte à nouveau. Cependant Vanille prétend qu'il est un dangereux tueur en série et qu'on ne va pas tarder à le découvrir. « Personne n'est aussi gentil avec les jeunes de notre espèce, sans arrière-pensées. » Elle est surtout à la recherche d'un nouvel article pour sa rubrique « faits divers ». Elle raconte également que, si elle connaissait un meurtrier aussi séduisant, elle prierait tous les dieux pour être sa prochaine victime. C'est ignoble et typique du mauvais goût de Vanille. Hélas, sa blague pas drôle me reste en tête et je ne peux m'empêcher d'y songer lorsque M. Smith se rapproche, front plissé et lèvres serrées.

– Je voudrais que vous cessiez de m'appeler M. Smith. Maintenant que vous savez combien j'ai pleuré devant *Dumbo*, appelez-moi Jessup.

Il m'est difficile de l'imaginer entouré d'une pile de mouchoirs devant l'éléphanteau bercé par sa maman entre les barreaux de sa cage. Je ne l'ai jamais vu s'émouvoir de quoi que ce soit, et, d'après tous ses élèves, c'est son seul défaut. Il déteste la sensiblerie.

– Tu t'appelles Jésus ? s'étonne Sacha, la bouche ouverte. Te rends-tu compte de la chance que tu as ? Le *Basiliscus plumifrons* est appelé le lézard Jésus-Chri…

– JESSUP, je l'interromps, avec un P.

– Oh ! s'exclame-t-elle, déçue. Je préfère Jésus.

– Alors appelle-moi Jésus, conclut-il en réprimant un fou rire.

Sacha acquiesce et ils se serrent la main pour mieux sceller leur accord. Un souvenir me vient à l'esprit, aussi piquant qu'une goutte de citron sur une plaie ouverte.

Papa nous serrait la main quand nous prenions des paris stupides. Nous en prenions sans cesse, tous plus farfelus les uns que les autres. Il fallait par exemple être capable de citer les dernières phrases d'un roman en imitant un personnage célèbre, de sauter à cloche-pied dans des endroits extravagants, ou de deviner la couleur de la peau de l'ours blanc sous sa fourrure, qui est – curieusement – noire. Je me souviens avec exactitude qu'une semaine avant de mettre les voiles papa nous a dit : « Je suis sûr qu'aucune de vous deux ne m'aime autant que je vous aime. » Nous n'avions pas compris où se situait le défi. Comment pouvions-nous prouver à notre père que nous l'aimions tout autant ? Par la force des choses, nous avons fini par trouver, et, jusqu'à preuve du contraire, Sacha et moi avons largement démontré que nous l'aimons davantage. Pour sûr, nous l'attendons, pareilles aux termites préférant mourir plutôt que de déserter leur cocon familial. Nous nous occupons de ses plantes, qu'Erika n'a pas réussi à détruire lors de son fol épisode pyromane. Elle n'a pas pu entrer dans la serre. Je garde précieusement la clé autour du cou puisque, s'il existe un lieu emblématique de papa, c'est celui-ci. Il est devenu notre lieu de pèlerinage, notre temple. Tous les matins, Sacha s'y promène. Elle arrose, elle rempote, elle demande à toutes les pousses de grandir, et je m'en occupe après le dîner. Il n'existe pas de plus grande preuve d'amour qu'une plante en bonne santé.

Mon rêve serait de découvrir papa assis sur la balancelle, un soir, contemplant ses orchidées en pleine forme grâce à nos soins. Là nous saurions qu'il nous aime encore.

5

Nous attendons la fin de l'entrevue dans la salle des professeurs, qui sent le café froid et les polycopiés. Sacha a convaincu notre mère de mettre les pieds au lycée. Elle a soutenu que Jessup tenait absolument à la rencontrer. Je crois qu'elle s'est prise pour Cupidon.

Il n'est pas surprenant qu'une idée pareille lui ait traversé l'esprit. Erika était bien plus agréable lorsque papa se trouvait à proximité, à l'exception bien sûr des quelques semaines avant le divorce. Je ne dis pas qu'elle était plus douce ou plus aimante à l'époque, pourtant j'avais le sentiment de la connaître un peu mieux. Elle était différente, plus heureuse, sans doute. Elle participait aux discussions, racontait des blagues de médecin, posait maladroitement des pansements sur les genoux éraflés de Cha, disputait papa à propos de ces mêmes genoux, nous félicitait d'avoir grandi après avoir inspecté le « mur des centimètres », lisait notre horoscope le samedi matin et beurrait nos tartines le dimanche. Elle ne parvenait jamais à retenir la marque de nos céréales préférées ou le nombre de sucres dans notre chocolat au lait mais elle semblait chercher. Aujourd'hui, elle ressemble à un courant d'air dont on ne retient que la fraîcheur. Elle ne fait plus rien pour nous. Elle ne fait plus rien avec nous. Elle se contente de traverser nos vies et la sienne avec indifférence. Évidemment, je n'ai pas été surprise puisqu'il y a près de dix-sept ans qu'elle ne m'a pas donné une bonne raison de l'appeler *maman*, et je m'y suis habituée. Je n'attends plus rien d'Erika depuis longtemps. Cependant Cha est trop petite pour avoir abandonné tout espoir. « Si maman est triste, a-t-elle dit il y a quelques jours, c'est avant tout de la faute de papa. » Elle n'a pas tort d'une certaine façon ; nous ne suffisons pas au bonheur d'Erika. Il lui faut un homme dans sa vie pour être une meilleure mère. Et de tous (à l'exception de notre père), Jessup est certainement le choix le plus judicieux.

– Jésus ne sera pas un bon père, annonce soudain Sacha avec importance.

J'aimerais tant être neurologue afin de comprendre le mécanisme complexe de son cerveau.

– Comment le sais-tu ?

– Les enfants sentent ce genre de choses, comme les animaux, explique-t-elle en fermant les yeux, inspirant profondément.

Je me méfie. La dernière fois qu'elle a senti, nous avons failli mourir de froid. Nous avons suivi les prétendues traces d'un élan dans la neige, si bien que nous nous sommes perdues. Il nous a fallu plus de sept heures pour retrouver la civilisation.

– Ça tombe bien, tu as déjà un père.

– « Un père absent n'est pas un papa. » On l'a lu ensemble, tu ne t'en souviens pas ?

– Ne dis pas de bêtises ! m'emporté-je, fâchée. Papa est parti depuis huit mois, sauf que, pendant huit ans, c'est lui qui t'a élevée. Pas besoin de lire pour le savoir.

Sacha me dévisage un moment, évaluant l'intensité de ma colère, avant de prendre ma main et d'y déposer un baiser, sa façon à elle d'avouer qu'elle a eu tort.

Je sais qu'elle a le droit de lui en vouloir – moi aussi, je lui en veux –, mais je ne peux me résoudre à l'entendre parler de lui de cette façon. Parce que notre père reviendra un jour. De cela je suis certaine.

– Je voulais juste dire que Jésus sera une sorte de grand frère, rectifie-t-elle tendrement.

– Tu as raison, il n'a pas l'étoffe d'un père.

Il est trop jeune, trop changeant, trop fougueux. Il lui manque la sagesse de celui qui a veillé toute la nuit un petit front fiévreux.

Sacha et moi faisons la paix, front contre front, nez contre nez.

Lorsque la porte s'ouvre enfin, Erika a la main posée sur l'épaule de Jessup, la tête en arrière, et un grand éclat de rire illumine son visage. Sa voix est un peu plus haut perchée qu'à son habitude, et mon professeur d'anglais n'a jamais eu l'air plus satisfait. On dirait une publicité pour du shampooing.

Ma sœur exécute sa fameuse danse de la victoire : un mouvement du bassin accompagné d'un moulinet des bras.

Dans la voiture, Erika et Sacha vantent les nombreux mérites de *Jésus-Jessup*, comme elles le nomment. On les croirait envoûtées. Je me surprends à trouver leurs intonations mielleuses aussi pénibles qu'une craie mal inclinée sur un tableau. Je l'aime bien moi aussi, seulement tout se précipite. Erika était censée le rencontrer, et non tomber amoureuse de lui. Or j'ai l'impression d'avoir assisté à la naissance d'un coup de foudre. Notre mère affiche perpétuellement son sourire béat d'adolescente. Je n'ai pas le souvenir de l'avoir vue se comporter ainsi en compagnie de papa.

– Jessup dit que tu pourrais intégrer une université prestigieuse si tu utilisais tout ton potentiel, annonce-t-elle fièrement.

Mon potentiel, à savoir mon temps libre. Je lui ai répété cent fois que je n'avais pas l'intention de le gaspiller inutilement. Je préférerais me faire transpercer par une colonie de pies écorcheuses plutôt que remplir des dossiers d'inscription pour des facultés encombrées de cloportes prétentieux. Papa me soutiendrait s'il était là.

– Jessup dit que Sacha et toi êtes de loin les jeunes personnes les plus intelligentes qu'il ait jamais connues, poursuit-elle.

Il n'a pas eu la chance de rencontrer Rimbaud, qui avait déjà écrit *Le dormeur du val* à mon âge. J'arrive à peine à distinguer une rime croisée d'une rime embrassée. Sacha s'intéresse à tout, c'est elle, le futur prix Nobel. Seulement, elle n'est pas plus un singe savant que je ne suis une bête de foire. Erika a la fâcheuse manie de nous brandir tels des trophées. Je déteste avoir l'impression d'être son faire-valoir.

Afin de masquer mon exaspération, je me focalise sur les bouquets d'arbres éclairés par les lampadaires.

– Jessup pourrait venir dîner à la maison un de ces soirs, suggère-t-elle. Qu'en dites-vous ?

– J'y pensais ! s'écrie Cha. Il faut absolument qu'il voie notre collection de coléoptères.

Je garde le silence mais constate avec stupéfaction qu'Erika a l'amabilité de nous consulter avant d'agir. Cela n'est arrivé qu'une fois : le lendemain du départ de papa. Elle était tellement perdue qu'elle nous avait demandé de choisir entre partir en colonie de vacances ou rester seules à la maison.

C'est dire combien *Jésus-Jessup* lui a bouleversé le cœur.

6

Jessup toque à la porte une demi-heure avant l'heure prévue. Notre mère peste qu'elle n'est pas prête. Je l'accueille puisque je suis la seule à ne pas avoir été investie d'une mission sacrée dans la salle de bains.

– Je craignais d'être en retard, s'excuse-t-il sur le perron, un œil sur sa montre.

Il porte son costume noir des réunions parents-professeurs, vraisemblablement l'unique vêtement chic qu'il possède. Je me demande s'il l'a déjà revêtu à un enterrement ou à un mariage. L'effort est tout de même à noter car il est plus souvent vêtu d'une paire de jeans noirs et d'un tee-shirt bien repassé – ce qui est déjà d'une élégance folle comparé aux tenues de pêcheur de papa.

– Elles sont pour vous trois, chuchote Jessup, en essayant de desserrer le nœud de sa cravate.

Les roses fatiguées qu'il me tend sont entourées d'un vilain film plastique froissé, orné de cœurs rouges du plus mauvais goût. Le genre de bouquet vendu en vrac dans les supermarchés le jour de la Saint-Valentin. Pourtant nous sommes fin avril. Soit il n'a pas pris la peine de trouver un vrai fleuriste, soit il ne connaît rien aux plantes. Dans les deux cas, il s'agit d'un mauvais présage.

Je m'empresse de jeter les pauvres fleurs à la poubelle, puis descends chercher une bouteille de vin à la cave.

Assis sur l'accoudoir du canapé du salon, Jessup transpire et s'essuie les paumes à plusieurs reprises sur son pantalon. Je lui tends la bouteille nouée d'un ruban pris dans les affaires de Sacha. Il se fige et serre les poings.

– Je... je ne..., bredouille-t-il, le regard alarmé.

Je ne sais pas quoi faire. M. Smith n'a pas pour habitude de perdre la maîtrise de son langage.

– C'est juste parce que Erika préfère le vin, justifié-je, confuse. Notre père est fleuriste.

Il souffle comme si je venais de le guérir d'un cancer incurable.

– Évidemment, oui, dit-il en retirant sa veste avec précipitation. Merci, Phénix.

Mes yeux s'attardent sur ses chaussures marron d'homme d'affaires, cirées à la perfection. Celles de notre mère le sont également. Une idée me traverse l'esprit. Si les gens devaient trouver leur moitié sur le seul critère de la ressemblance, Erika aurait probablement épousé Jessup sans perdre de temps avec notre père.

– Tu veux voir notre chambre ? propose Sacha, vêtue de son horrible et unique robe à pois et à volants.

On dirait une poupée de collection, posée sur une étagère entre des chats en céramique et des bergères en porcelaine. Je la fusille du regard. Notre chambre est un dépotoir et je n'ai aucune envie que mon professeur d'anglais s'immisce dans notre intimité. Trop tard, Jessup la suit dans les escaliers jusqu'au deuxième étage, notre étage. Il déglutit bruyamment en observant les murs décrépis et tachés. Le vide plus beige que blanc a remplacé les cadres, laissant le reste du papier peint – autrefois *crème anglaise* – sale et jauni. Les rides entre ses sourcils se creusent un peu plus. Il scrute la pièce sans dire un mot, l'air perturbé.

Nous n'avons pas rangé comme Erika nous l'avait demandé. La multitude de livres empilés au pied de nos lits forme de hautes murailles boiteuses, prêtes à s'écrouler au moindre faux pas. Sur le lit de Sacha, des carnets sont ouverts au hasard des idées, un stylo mâché dans la rainure des pages. Mes brouillons de calcul, chiffonnés et déchirés, s'éparpillent sur l'imposant bureau de bois sombre auquel il manque plusieurs tiroirs. La chaise en chêne calée à l'aide d'un bout de carton plié sert de vitrine à notre exposition de coléoptères et d'herbiers. Quant à nos chaussures, nos palmes et nos rollers, ils errent devant la fenêtre, sans leur double, oublié quelque part sous les lits ou dans l'entrée.

Jessup slalome jusqu'à mon lit défait, déplaçant du bout des doigts mon pyjama roulé en boule, et je songe à Vanille qui jouerait aux fléchettes sur ma tête si elle était là. Elle me supplierait sûrement à genoux de ne pas laver mes draps.

Tout à coup, il est pris d'une quinte de toux à s'en décrocher la trachée. Mes yeux ne décollent pas d'un soutien-gorge suspendu à la lampe de chevet, à quelques mètres de la main de mon professeur.

– Je suis allergique à la poussière, finit-il par dire.

Malheureusement pour lui, notre maison manque à peu près de tout sauf de poussière. Erika n'a pas le temps de nettoyer et nous nous en chargeons quand nous estimons qu'il n'y a rien de mieux à faire, ce qui n'est pas le cas aujourd'hui.

– La maison est assez grande pour que vous dormiez dans des chambres séparées, non ? suggère-t-il, soupirant à la vue des chemises à carreaux sales jonchant la moquette brunâtre.

– Je n'ai plus aucun épisode d'énurésie depuis que Phénix dort avec moi, clame dignement Sacha.

Un jour, je devrai lui apprendre à mentir.

– Elle faisait beaucoup de cauchemars.

– N'importe quoi, il faut s'endurcir ! gronde-t-il sèchement.

Le visage blême, Sacha se rapproche discrètement de moi. Il lui a fait peur. Jessup s'en rend compte. Les pupilles plantées sur les lapins parsemant les draps de ma sœur, il sourit légèrement, troublé, puis se frotte vivement le front, tentant de lisser ses traits contractés comme s'il s'agissait d'une ardoise magique. Seulement son regard étincelant porte encore les marques de sa sévérité. Il en est de même en cours. Inutile d'élever la voix, Jessup est de ces professeurs qui en imposent, quelque part entre Batman et Hannibal. Son magnétisme de conquérant lui donne un pouvoir presque antique, pareil à celui des guerriers légendaires pour lesquels des armées entières furent capables de mourir.

Le visage parfaitement apaisé, il se lève et s'empare d'une boule de papier.

– Je peux ?

J'acquiesce, méfiante, le regardant plier, replier, découper et plier à nouveau la feuille jusqu'à obtenir une barque et sa voile en origami. Il saisit alors la main de Cha pour y déposer le petit objet.

– Est-ce que je pourrai continuer à venir si ça ne marche pas ce soir ? demande-t-il d'une voix de garçonnet, un brin trop lisse pour être honnête.

– Évidemment ! s'exclame Cha. Sauf si tu t'attends à être payé comme baby-sitter.

Il mime une flèche l'atteignant en plein cœur, le corps renversé sur mon oreiller, immobile.

– Je le ferais même si c'était moi qui devais vous payer.

– Pourquoi ? s'étonne ma sœur, perplexe.

– Pourquoi ? s'écrie-t-il en s'esclaffant. Pour que votre chambre ne ressemble plus à ça !

Erika nous appelle.

En voyant Sacha et Jessup bras dessus, bras dessous, j'ai la sensation qu'un nouveau départ se profile. Contrairement au reste de ma famille, je ne suis absolument pas prête à y faire face. J'étais même d'accord pour vivre indéfiniment dans le passé.

Pour la première fois depuis des mois, Sacha s'éloigne sans vérifier si je suis à ses côtés, et ça m'égratigne le cœur.

7

Jessup dessine les plans de la barque avec Sacha. Chaque mercredi après-midi, au lieu de corriger des copies, il lui montre comment calculer, schématiser et améliorer leur construction. On dirait deux ingénieurs de la NASA travaillant sur le prochain satellite à mettre en orbite.

Je suis sûrement rabat-joie, cependant je ne parviens pas à oublier l'ancienne embarcation. La nouvelle ne sera pas celle sur laquelle nous avons passé nos étés à faire peur aux touristes, cachées derrière les joncs. Ni celle sur laquelle papa nous a appris à pêcher et à compter.

Je ravale ma frustration et les accompagne tout de même à la scierie.

Un géant en treillis nous accueille à l'entrée d'un immense entrepôt, sûrement une vieille grange aménagée. Il est suivi d'une touffe de poils, mi-lynx, mi-peluche. L'homme est aussi large qu'effrayant. Haut comme une éolienne, il possède la figure caractéristique des gueules cassées. Son œil gauche a presque disparu sous le reste d'une paupière brûlée. L'œil droit est à peine ouvert. Une profonde cicatrice brise son nez et son front de façon brutale. Je n'ose imaginer l'état de son crâne dissimulé sous sa casquette de base-ball à l'effigie du WWF.

Le dévisageant le plus impoliment du monde, Sacha lui demande :

– Quelle est la race de ton chien ?

– Il n'y a pas plus de races de chiens qu'il n'y a de races humaines, réplique le colosse aussi sec.

Elle cligne des yeux, muette. Imposer le silence à Cha rien qu'en quelques mots tient de l'exploit, et je m'incline devant ce gigantesque héros.

– Pour répondre à ta question, reprend-il gentiment, Pan est un samoyède, un chien de traîneau.

Sacha répète *samoyède* plusieurs fois en caressant la bête chevelue.

Tandis que l'ogre nous guide à travers les stères de bois, je le surprends à me jeter de brefs coups d'œil. Curieusement, je me sens très à l'aise.

Jessup rejoint un ouvrier, me laissant seule avec le géant.

– Tu es la petite Coton, n'est-ce pas ? lance-t-il avec entrain.

Je ne suis pas sûre d'être la « petite », sachant que j'ai presque dix-sept ans, soit neuf ans de plus que Sacha et que je mesure 1 mètre 76, mais j'acquiesce. Je suis une Coton, Phénix Coton.

– Ivane, se présente-t-il en me tendant la main.

Ce nom me rappelle vaguement quelque chose. En tout cas, il ressemble aux habituels camarades de papa, autrement dit des grizzlis à l'hygiène douteuse.

– Phénix, je réponds en pressant ses doigts immenses.

– La même puissance que ton père, constate-t-il avec plaisir. Comment va-t-il ?

Je serre les dents jusqu'à en avoir mal aux molaires. Je n'aime pas parler de son départ. Le confier à d'autres rend l'événement un milliard de fois plus réel. Plus douloureux.

Ivane soupire.

– Les marins qui aiment les fleurs ne restent pas longtemps loin des leurs, prédit-il, sa patte sur mon épaule.

Je n'avais jamais rencontré de poète au physique de tueur à gages.

– Ça fait presque un an, rétorqué-je durement, me dégageant de son étreinte. Et je ne vous ai jamais vu auparavant.

– Je n'étais pas dans le coin, réplique-t-il, moins doux tout à coup.

Nous nous affrontons du regard. Sa difformité n'entache en rien la bonté qui émane de son allure d'ours mal léché. J'apprécie surtout la façon qu'il a de me considérer comme son égal, comme une adulte.

– Qu'est-il arrivé à ton visage ? questionne Cha, derrière nous.

Je lui attrape le bras, signifiant qu'une fois de plus elle a manqué de tact.

– C'est un masque, riposte Ivane, pour le prochain Halloween.

Elle s'approche et tire sur la manche du géant, qui s'agenouille face à elle, à hauteur de son minois. Médusé, il la laisse vérifier, caresser chaque marque du bout des doigts, tirer la peau abîmée qui est bien la sienne.

Sous l'emprise d'une tendre torture, Ivane avoue :

– J'ai reçu des projectiles d'un explosif que j'avais moi-même installé dans un abattoir.

– Tu es l'écoterroriste qui a fait de la prison ! s'exclame Sacha, ravie.

Je me rappelle à présent les coupures de journaux. Ivane Lévy derrière les barreaux de sa cellule. Papa nous a fréquemment parlé du groupe radical Earth Liberation Front, qui saccage le matériel utilisé par les firmes exploitant l'environnement. La ligue dont ils ont tous deux fait partie. Il nous a raconté à plusieurs reprises que le soir de l'explosion la police a arrêté une femme et trois hommes, or un seul d'entre eux, à savoir Ivane, a servi d'exemple pour tous les autres. Il a fait sept ans de prison.

Papa avait rejoint le groupuscule avant de connaître Erika pour qui il a abandonné ses idéaux les plus extrêmes. Seulement, il ne nous a jamais confié s'il était présent cette nuit-là, dans l'abattoir. Encore un de ces amers secrets de famille dont on ne parle qu'aux dîners qui finissent mal, après avoir trop bu. Du moins, c'est ce que j'ai cru comprendre en lisant quelques lettres adressées à papa. Peut-être celles d'Ivane. Peut-être même de prison. Elles n'étaient pas signées.

– J'étais jeune et bête, admet Ivane, des regrets dans la voix. Votre père avait déjà tout compris, lui, il n'y a que la famille qui compte.

Son visage ravagé semble si triste à présent que je me sens obligée de le réconforter.

– Papa n'a jamais dit *écoterroriste.* Il préférait les *anges du sabotage.*

Ivane regarde ailleurs, je crois néanmoins qu'il sourit. En tout cas, ça y ressemble.

– Tu as mal ? lui demande ma sœur en pointant son visage d'ogre.

– Sacha !

– Seulement quand je rencontre d'horribles personnes, répond-il aimablement.

– Et là, ça te fait mal ? poursuit-elle avec malice.

– Absolument pas ! Et mes cicatrices ne se trompent jamais.

Nous sourions.

Habituellement, il me faut un certain temps d'adaptation avant de pouvoir être moi en présence d'un étranger. Je ne suis pas un animal aussi naturellement sociable que Cha. Toutefois Ivane possède un je-ne-sais-quoi familier qui m'inspire une confiance aveugle. Comme papa, il est simple, facile à lire. Tout le contraire de Jessup, plus illisible qu'une équation de Navier-Stokes.

Je reconnais les coups de klaxon crispés de sa voiture garée derrière le bâtiment. Je n'ai pas envie de partir. Pas tout de suite. Ivane s'approche, remet en place ma capuche et pose les bras sur mes épaules. Je ne cille pas, moi qui déteste les inconnus tactiles. Le geste est pur et tendre. Il cherche alors quelque chose dans les nombreuses poches de son pantalon, puis me tend la carte de visite de la scierie sur laquelle est inscrit le message « Bois ramassé, non tronçonné ».

– Vous pouvez venir ici ou m'appeler à n'importe quelle heure, pour n'importe quoi, d'accord ?

Nous hochons la tête, le remerciant.

Je cache le petit carton dans la doublure de ma veste, car si Jessup le voit il posera des questions. Il est encore plus fureteur que Vanille. Puis il ne comprendrait pas. À la moindre évocation de notre père, il met les mains sur ses oreilles pour nous dissuader d'en dire davantage à son sujet. À croire que nous parlons du diable.

Sur le parking de la scierie, Jessup discute avec un grand garçon blond qui ressemble fortement à Merlin Baldini. Puisqu'il est trop tard pour l'éviter, j'avance le plus lentement possible. Sacha règle son pas sur le mien.

– Pourquoi marche-t-on à reculons ? Tu le connais ?

Je fais mine de ne pas l'avoir entendue, les yeux fixés sur le tee-shirt blanc mais sali de Baldini. Son charme est tel que j'ai l'impression de m'être téléportée aux côtés de Brad Pitt dans le film *Et au milieu coule une rivière.*

– Il est plus beau que Jésus, affirme Sacha. On dirait presque un tableau de Klimt, tu ne trouves pas ?

J'ai du mal à saisir la comparaison, si ce n'est peut-être la dorure. L'inévitable est à quelques mètres et le soleil éclaire sa blondeur, tout droit sortie d'un documentaire sur les surfeurs du Pacifique californien.

– Bonjour, marmonné-je.

– Ah, tiens, aujourd'hui tu ne me fuis pas en courant ! s'étonne-t-il. C'est parce qu'on n'est pas vendredi ?

Il sourit de cette espèce de moue flatteuse et lourde de sous-entendus dont les filles raffolent. Je n'étais donc pas une ombre ; il me reconnaissait chaque vendredi.

Sacha croise les bras et tape du pied, impatiente.

– Baldini est dans le même lycée que moi, lui expliqué-je.

– Merlin, corrige-t-il, vexé.

– Coton vit dans la même maison que moi, dit-elle, moqueuse. Je suis la petite sœur, Sacha.

Il ne sait pas s'il doit rire, alors il se contente de nous faire la bise, un sourire léger aux lèvres. Le pas hésitant, il s'éloigne de ma joue, préférant charger en sifflotant la dernière rondelle de bois sur le toit de la voiture. Sacha me donne la main en murmurant : « Les garçons… tous des lâches. »

– Tu remercieras ton beau-père, lance Jessup.

Ivane est donc le beau-père de Merlin.

– Bien sûr, monsieur. J'espère qu'Ivane et moi pourrons voir cette barque quand elle sera finie, suggère-t-il, les yeux posés sur moi qui fixe soudain les copeaux de bois par terre.

Évidemment, je n'ai que faire de connaître le nombre de copeaux par mètre carré de bitume, cependant c'est le seul moyen que j'ai trouvé pour éviter de croiser à nouveau son regard perçant. Mes joues sont suffisamment écarlates.

– Si tu te baignes dans le lac cet été, tu la verras sûrement, certifie Jessup, tout sourire.

– Je n'y manquerai pas, promet Merlin.

Il ouvre la portière de la Chevrolet pour Sacha, qui s'y engouffre avec la lenteur et la préciosité d'une princesse Disney. Enfin il me fait un signe de main auquel je réponds, certaine de ne pas être suivie d'une rousse plantureuse.

– À vendredi ! hurle-t-il, plus fort que le crissement des pneus sur le gravier.

Dans la voiture, Jessup et Sacha m'observent, taquins. Je soupire bruyamment, contemplant le printemps qui a joliment embelli le paysage.

– Oh, ne t'en fais pas, Phénix, j'approuve ton choix à 200 % ! s'exclame Jessup. Sa dentition est parfaite, son QI est plus qu'honorable, et je vais même te faire une confidence. L'autre jour, j'ai entendu Annabelle Frost dire qu'il embrassait aussi sauvagement qu'il combattait. « Sau-va-ge-ment ! » l'imite-t-il d'une voix exagérément aiguë et nasillarde.

La bouche en cœur et les sourcils suggestifs, Sacha mime une griffure dans l'air.

Nous éclatons de rire.

8

Erika est rentrée si souvent à la maison ce mois-ci que nous avons immédiatement songé à un licenciement. D'ordinaire, elle sillonne les routes trois semaines et demie par mois, afin de vendre des médicaments à des médecins et des hôpitaux. Néanmoins, depuis le mois de mai, elle n'a presque pas manqué un week-end *en famille*, beurrant à nouveau nos tartines le dimanche – et ce, pour le plus grand bonheur de Sacha.

Au début, bien sûr, elle a prétexté avoir du retard sur des dossiers administratifs. Puis elle a invoqué une période plus creuse à son travail. Mais en vérité, je crois qu'elle a du mal à quitter Jessup. Entre elle et lui, c'est une symbiose plus parfaite que celle de l'*Acacia cornigera* et de sa colonie de fourmis. Ils finissent tour à tour la phrase de l'autre, à croire qu'ils partagent le même cerveau. J'entends parfois Erika glousser sur la terrasse quand la fenêtre de notre chambre est ouverte. Avant l'arrivée de Jessup, l'entendre glousser m'aurait semblé aussi improbable qu'apercevoir une licorne. Il faut dire que mon professeur d'anglais est un homme délicieux, et je ne parle pas uniquement de son don pour la pâtisserie ou de ses faux airs de Gregory Peck dans *Vacances romaines.* Jessup est on ne peut plus estimable, et il ne fait aucun doute que la maison est mille fois plus agréable à vivre lorsqu'il s'y trouve. Comme si le plancher avait cessé de grincer ou que l'eau chaude coulait à flots du premier coup.

Cha dit même qu'il est fin prêt pour son immersion dans le monde du gore et des zombies, qui consiste en un marathon cinématographique atrocement sanglant au bout duquel Jessup sera apte, ou non, à boire un grand verre de jus de cerises griottes. Je ne saurais expliquer pourquoi ma sœur est tombée amoureuse des films d'horreur, obligeant ceux qu'elle trouve dignes de sa passion à endurer des cauchemars tels que les *2 000 maniaques*, de Gordon Lewis, ou *Suspiria*, de Dario Argento. Une chose est sûre, elle a suffisamment confiance en Jessup pour lui faire l'honneur d'une initiation en bonne et due forme.

– Écoute-moi, Jésus, déclare-t-elle pompeusement, le rôle de ma vie sera celui d'un zombie cannibale.

Déconcerté et un poil exaspéré par l'intrusion, il la regarde déposer sa collection de DVD sur les copies qu'il est en train de corriger.

– Dans ce cas, je te conseille de voir l'excellent *Cannibal Holocaust* quand tu auras seize ans, répond-il en montrant le DVD en question.

Cannibal Holocaust étant son film préféré, Cha me sourit comme si cet instant était le point culminant de ses huit années passées sur terre : rencontrer un autre fan du réalisateur Ruggero Deodato.

– Je l'ai vu trente-trois fois ! hurle-t-elle, émue, tapant des mains de joie.

– Tu es bien minuscule pour avoir vu ce chef-d'œuvre, non ?

Jessup s'adresse davantage à moi qu'à Sacha.

– Je ne l'ai pas forcée à aimer le cannibalisme, je me défends.

Il a tendance à croire que je lui donne le mauvais exemple. Or ma sœur n'a jamais eu besoin de modèle pour faire des bêtises. À quatre ans, elle mélangeait déjà toute seule des produits chimiques incompatibles, faisant exploser tout ce qu'elle réussissait à voler dans nos affaires. Jessup la sous-estime. Sous ses airs de chérubin se cache un fourmillement d'idées diaboliques.

– Je ne comprends pas pourquoi nous, les enfants, devrions attendre d'être adultes pour admirer les vrais chefs-d'œuvre ! clame-t-elle, indignée.

Elle a raison, bien sûr, alors il rit puis il réfléchit.

– Est-ce que tu as fini ton exposé ? me demande-t-il soudain en observant sa montre.

– Celui sur Lincoln ? Non, tu m'as dit que j'avais la semaine pour le faire.

Il m'examine avec froideur, l'air de penser : « J'espère que tu n'es pas sérieusement en train de me mentir. »

– Par contre, j'ai fini les deux dissertations et le QCM sur la guerre de Sécession, m'empressé-je d'ajouter.

– Bien, sauf que tu étais censée faire Lincoln avant.

Depuis qu'il passe la plupart de ses week-ends en notre compagnie, il prend un malin plaisir à s'immiscer dans notre scolarité, surtout dans la mienne, car Cha n'est qu'en CE2 et sa mémoire est absolue.

Loin du professeur sympathique d'autrefois, Jessup m'assaille de « devoirs bonus », comme il nomme ses tonnes de quiz et de rédactions « rien que pour moi et mon avenir ». Sans parler du fait qu'il me martyrise en classe, m'interrogeant inlassablement et ne se gênant pas pour retirer des points à ma moyenne si je commets la moindre faute d'inattention. Selon lui, on ne peut tolérer une moyenne en deçà des capacités intellectuelles d'une élève au-delà de l'excellence. « C'est du gâchis. Moi, je n'ai pas eu le choix, je n'ai pas grandi dans une famille aimante et cultivée, a-t-il confié avec aigreur. Mais d'après ce que vous me dites, Sacha et toi, votre père était quelqu'un de grandiose. » Il l'est toujours. Il l'est justement parce qu'il ne nous a jamais poussées à la perfection. Il a toujours pensé qu'il était plus important d'apprendre à reconnaître les insectes que de pouvoir réciter bêtement la date de naissance du président Reagan. Et je suis d'accord avec lui. Tant que mes devoirs sont faits et mes notes convenables, j'estime avoir le droit de choisir mes découvertes, de ne pas me limiter aux consignes sur un agenda, aux marges sur une feuille double. Je ne demande pas la permission de paresser, juste la liberté d'explorer la vie plutôt que des leçons ressassées depuis des siècles.

– Bon, on verra les devoirs à notre retour, cède Jessup avant de disparaître dans le couloir.

Je tire la langue à Sacha, qui mime un « ouf » d'une main s'essuyant le front. Il n'est pas si facile d'échapper à Jessup, le professeur particulier.

Une demi-seconde plus tard, tenant nos manteaux dans une main et nos chaussures dans l'autre, il lance :

– On part à l'aventure, j'ai un truc super à vous montrer !

Il raffole des longues balades surprises en voiture. Il adore trouver un nouveau restaurant sur une route de campagne, acheter un cadeau pour Erika dans un endroit atypique, ou visiter un drôle de musée tel que celui des Cœurs brisés. Il est alors aussi imprévisible qu'hilarant.

L'air mystérieux, il revêt son imperméable en nous faisant un clin d'œil, puis nous prenons la route de la ville voisine pour atterrir aux abords d'un centre commercial désert, où se cache, derrière un bâtiment en construction, une gigantesque boutique de costumes de Halloween et autres accessoires de terreur. Je crois que Sacha est prête à s'évanouir de bonheur. Pour ma part, je ne serais pas choquée si la vendeuse nous vomissait dessus en tournant la tête à 360 degrés, tant son allure correspond à l'idée que je me fais d'une femme possédée par une force démoniaque. Entre yeux crevés et tripes à l'air, ma sœur et Jessup passent des heures à essayer des masques et des tenues bizarres en pouffant devant les miroirs déformants. Après quoi, ils se décident à acheter deux énormes bouteilles contenant un liquide rouge, gluant et grumeleux, une scie en plastique, des bonbons en forme d'organes vitaux, et des tas de morceaux de corps humains dégoulinant d'hémoglobine quand on appuie dessus. La vendeuse nous fait gracieusement cadeau d'un lot de perruques noires et d'un pot de maquillage blanc avant de nous souhaiter une macabre fin de journée. Bravant la pluie, nous écumons les magasins de seconde main à la recherche de vêtements bon marché afin de tester le faux sang. À la place, nous repartons avec un foulard pour Erika et le *Manuel de la vie sauvage, ou revivre par la nature* pour nous, Jessup ne s'achetant jamais rien pour lui. « C'est comme ça que j'ai été élevé », s'est-il une fois de plus justifié, l'air sévère.

En rentrant, Sacha et lui peaufinent leur technique de zombie en bavant du dentifrice mélangé à du sirop de maïs. J'en profite pour aller relever la température de l'air au sein de la verrière. Mais quand je sors, les deux affreux surgissent de nulle part, les yeux révulsés et des morceaux de doigts dans la bouche. Je ne parviens pas à contenir mon fou rire tandis qu'ils me poursuivent en trébuchant sur le tapis de boue ayant recouvert le jardin.

Je rejoins la maison aussi vite qu'une fusée, me jetant sur le canapé avec plaisir, les doigts sur la télécommande, mais Jessup se poste aussitôt devant la télé.

– Non, non, non, Phénix. Pas avant d'avoir fini tes dissertations et d'avoir nettoyé les traces de boue.

– Il n'est que dix-sept heures, on nettoiera plus tard, dit Sacha, essoufflée.

Jessup met les poings sur ses hanches quand je lève les yeux au ciel en écoutant un énième discours à propos des bénéfices de la ponctualité, du travail bien fait, etc. Continuellement la même histoire de respect et de délai sur un ton plus glacé qu'un bloc de marbre. Il est très à cheval sur le timing, au point d'en faire pâlir le lapin blanc d'*Alice aux pays des merveilles*. C'est Cha qui a remarqué la ressemblance et, depuis, nous en avons fait notre petit rituel moqueur.

Nous nous regardons, avant de nous mettre à chanter en chœur la rengaine du dessin animé de Walt Disney :

– *« I'm late/I'm late/For a very important date/No time to say hello, good-bye ! »*

Jessup se détend immédiatement, secouant la tête pour transformer sa grimace sévère en un large sourire. Il ne sait pas encore résister à l'imitation affolée du lapin retardataire, fixant la pendule du salon, et faisant mine de nous servir le thé à l'anglaise.

Après être allé chercher trois parts de la forêt-noire qu'il a préparée la veille afin d'« élargir notre culture culinaire », il nous rejoint sur le canapé.

– Bon, on regarde *Massacre à la tronçonneuse*, et après je tronçonne vos devoirs, OK ?

– OK, répliquons-nous, la bouche pleine.

Sacha et moi ne nous sommes pas trompés au sujet de Jessup. Il est le grand frère que nous avons toujours espéré découvrir sous le sapin, le jour de Noël. Même si, dans mon imaginaire de petite fille, il était un peu moins strict, et bien moins séduisant.

9

Nous finissons de tondre la pelouse de M. Werts. La dixième, cette semaine. La tonte des pelouses annonce le début de l'été, l'arrivée des touristes et, par conséquent, le moyen de se faire un peu d'argent de poche. Nous en avons gagné suffisamment cette semaine pour dévaliser Chez Berthe, un lieu paisible et silencieux, où Sacha n'a d'autre solution que de se taire. Je l'y emmène, entre autres, les jours de grande migraine.

Berthe, la propriétaire, considère son magasin de vidéos comme un lieu saint « parce qu'on y trouve cent fois plus de dieux qu'en Inde », explique-t-elle à qui veut bien l'entendre. Une fois par mois, nous nous y rendons avec un budget serré puisque Cha ne sait pas se restreindre. Nous nous assurons également qu'Erika est absente ce jour-là car elle déteste Bertie, une amie d'enfance de papa : l'unique femme présente la nuit de l'explosion.

Nous, nous l'adorons. Elle est pétulante, grossière à souhait, et connaît plus de films que le Monsieur Cinéma du journal télévisé. Quand elle est de bonne humeur, elle nous laisse regarder des films provenant de sa collection privée. Nous nous asseyons à même le sol, sur une vieille moquette rougeâtre et moelleuse qui sent bon le pop-corn. J'aime y faire mes devoirs sous la rangée des classiques étrangers. J'ai l'impression que Bergman et Fellini m'aident à résoudre mes équations.

Sacha m'empêche d'avancer ; le coude planté dans ma hanche, elle chuchote :

– C'est la dorure de Klimt.

J'acquiesce et déglutis bruyamment, ma salive pareille à une coulée de lave en fusion.

Cachées entre les films d'action et les comédies musicales, nous écoutons la conversation.

– J'attends toujours le documentaire que je t'ai commandé le mois dernier, dit Merlin.

– Et moi, j'attends toujours que tu te comportes comme un homme. Bah, tu vois, faut croire que ni toi ni moi n'allons être satisfaits aujourd'hui ! répond Berthe, cinglante.

Sacha pouffe de rire, me poussant vers le présentoir des sucreries, à un mètre de Merlin. Il se retourne et nous fait un sourire plus grand et étincelant qu'une Cadillac. Affalée sur le fauteuil derrière sa caisse, Bertie remue ses doigts dodus en guise de bonjour.

– Vous arrivez à temps, mes petites « Amélie Poulain ». Vous allez me servir de témoins. Écoute-moi bien ! s'exclame-t-elle en pointant son index menaçant sous le nez de Merlin. Ta mère m'a raconté tes derniers exploits.

Tu ne crois pas qu'elle a eu son compte ? Tu devrais avoir honte de toi ! Tu ferais mieux de changer d'attitude si tu ne veux pas que je m'en mêle !

Il nous jette un coup d'œil par-dessus son épaule, écrasé par une humiliation digne d'une fessée déculottée. Berthe fait sûrement référence à sa dernière rixe. Il porte encore de beaux restes d'un coquard et un pansement sur l'arcade sourcilière.

Sacha vient s'accouder au comptoir, le menton dans les mains, les yeux plantés dans ceux de Merlin.

– Il faut leur montrer que tu es un garçon sensible, lui conseille-t-elle. Les femmes détestent les brutes.

– Je ne suis pas une brute ! Je le jure, c'est fini tout ça, confie-t-il en observant ma sœur avec une tendresse infinie. Regardez, je suis sage maintenant.

– Ah oui ! Et par quelle opération du Saint-Esprit ? bougonne Bertie.

Il se redresse et me montre d'un mouvement de tête. Moi ? Qu'ai-je fait pour être mêlée à leur histoire ? Si c'est une plaisanterie, elle est digne de Vanille. Et j'avais imaginé Merlin moins bête.

Berthe se racle la gorge puis lui répond :

– Tu n'es pas à la hauteur, poussin.

– Pas encore, je sais, mais je vais tout faire pour le devenir, affirme-t-il avec gravité.

– Et l'élue, qu'en pense-t-elle ? m'interroge Bertie. L'élue ?

Merlin se tourne vers moi, les sourcils comme deux

points d'interrogation. Si tu le regardes, songe à autre chose, me dis-je. Berthe éternue. Parfait. La vitesse record d'un éternuement est de 165 kilomètres à l'heure, soit deux fois la vitesse d'une libellule Ajax en plein effort.

– Phénix pense que Merlin ressemble à Gatsby le Magnifique, lance soudain Sacha, une bulle de chewing-gum aux lèvres.

Tandis que l'intéressé m'observe, sceptique, Bertie éclate de rire, la poitrine aussi tremblante que de la gelée.

– Il n'y a pas de quoi rire ! ajoute Cha. Elle ferait une magnifique Daisy Buchanan si elle n'était pas aussi intelligente.

Je me fais la promesse de ne plus jamais rien lui confier. Enfin, je prie surtout pour que Merlin n'ait jamais lu Fitzgerald ou vu une des cinq adaptations cinématographiques, parce que, si c'est déjà fait, il doit bien rire. L'amour de Roméo pour Juliette est insignifiant comparé à celui de Jay Gatsby pour Daisy.

Mieux vaut ne pas lever la tête de la moquette.

Aussi mortifiée que le cancrelat de Kafka, je disparais derrière le rayon du cinéma asiatique. Kurosawa, Miyazaki et Wong Kar-wai ne me sont d'aucune utilité, alors je sors mon arme secrète, à savoir mon livre de physique. Une plongée dans une collision d'atomes est bien plus efficace qu'un trou de souris pour se cacher.

Quand Jessup vient nous chercher, Bertie se lève de sa chaise, croisant les bras en signe d'hostilité.

– C'est qui, celui-là ? grommelle-t-elle, sur ses gardes.

– Lui ? C'est M. Smith, le prof d'anglais. Il est cool, répond Merlin. Ton beau-père, non ?

J'acquiesce. Bien que, techniquement, je préfère le terme « grand frère provisoire ».

– Il ressemble au Norvégien, constate Berthe d'une voix blanche.

Merlin se fige, les yeux pareils à deux trous noirs. De toute évidence, Sacha et moi sommes les seules à ignorer qui est *le Norvégien*. Toutefois nous nous gardons bien d'être curieuses, car leurs figures défaites laissent à penser qu'il ne s'agit ni d'une belle personne ni d'un bon souvenir.

Alors que Jessup les salue poliment, je sens le froid arctique envahir la pièce. Je m'empare du sachet contenant les dix DVD et tire le sosie du *Norvégien* vers la sortie avant qu'il ne se fasse assassiner.

Ils ne nous disent pas au revoir.

– Eh bien, elle a une carabine dans chaque œil, la grosse Berthe, plaisante Jessup, une fois dehors. Je suis d'accord avec votre mère, ce n'est pas raisonnable de vous laisser seules chez cette folle. On se croirait dans *Misery*. Elle ne m'inspire pas confiance.

Pour une raison qui m'échappe, c'est réciproque.

10

Cette semaine, deux grandes nouvelles nous sont tombées dessus. J'aimerais pouvoir dire que la seconde a été aussi bien accueillie que la première, mais ça n'a pas été le cas.

Lundi, à notre réveil, la barque fraîchement construite resplendissait sur le ponton. Elle était entourée d'un gigantesque ruban rouge, de ceux qui ornent les BMW des riches étudiants le jour de la remise des diplômes. Jessup nous avait pourtant répété qu'elle ne serait pas prête pour cet été. Il avait dit qu'avec les examens de fin d'année, les conseils de classe et la rentrée à organiser il ne trouverait pas le temps de nous aider davantage. « Des vacances sans barque ressemblent à Pierre sans Marie Curie ou Aristote sans Platon », s'était plainte Sacha, plus triste qu'un jour de pluie. J'étais du même avis, cela n'avait aucun sens, aucune raison d'être. Autant passer du printemps à l'automne. Jessup avait dû travailler en solitaire, probablement les nombreuses fois où nous étions allées pêcher, peut-être même la nuit.

La barque est peinte en bleu roi comme l'ancienne et il est inscrit en rouge « Ceci n'est pas une barque ». Ce qui continue à nous faire rire aussi fort que des hyènes. Dans notre livre préféré du moment (le vingt et unième conseil de Dee), *L'histoire de l'amour*, de Nicole Krauss, un frère et une sœur s'amusent à nier l'existence des objets, des paysages, même des êtres humains qu'ils rencontrent. Sacha, Jessup et moi y jouons depuis trois semaines. Impossible de se lasser. Ceci n'est pas un professeur. Ceci n'est pas un film. Ceci n'est pas ma sœur. Ceci n'est pas un lac. Semblable à une œuvre surréaliste peinte par Magritte, notre barque est parfaite. Jessup a fait fort. Il a marqué un million de points sur le tableau des grands frères provisoires. Je ne parle pas uniquement de sa création, mais de l'attention et du temps qu'il y a consacrés. Encore quelques milliers de points et nous l'adoptons.

La seconde nouvelle fut d'une coïncidence surnaturelle à nous faire croire au Père Noël, à la résurrection des dinosaures, du tigre de Tasmanie et de toute autre espèce éteinte. Une de ces informations qui donnent envie de pleurer tant elles sont inattendues.

Le facteur sonna le 1er juillet, soit le premier anniversaire du départ de papa, le jour de mon anniversaire. Malgré le joli canot bleu, le début des vacances et mes dix-sept bougies, l'ambiance n'était pas des plus festives. Il me tendit une enveloppe carrée vert pomme, une de celles qu'on utilise pour les invitations aux goûters d'anniversaire. Il était déjà parti lorsque je découvris la carte postale des îles Malouines : la première carte de notre père !

C'était par l'intermédiaire de son avocat que nous avions su, peu de temps après sa fuite, qu'il était vivant. Erika avait reçu la pension alimentaire du divorce sur son compte, et l'avocat lui avait dit que notre père y veillait avec grand soin. Qu'il eût pris la peine de contacter un inconnu plutôt que son ex-femme ou ses enfants nous avait brisé le cœur. Cela lui ressemblait si peu.

Au dos de la carte était inscrit : « On doit suivre l'oiseau bleu tout autour du monde, mais on ne trouvera le bonheur que d'où l'on est parti. » La citation préférée de Sacha quand elle avait six ans. Pouvoir à nouveau déchiffrer l'écriture illisible en pattes de mouche de papa me bouleversa. Juste en dessous était griffonné un homme pleurant sur une île, et c'était signé « baisers salés, votre Pa[2] ». Je tournai et retournai la carte. Aucune excuse. Aucun « Joyeux anniversaire Phénix ». Aucune explication et surtout aucune adresse. C'était comme de recevoir un doux baiser sur le front en même temps qu'un grand coup de poignard dans le dos. Maintenant que nous savions où il était, que nous avions eu de ses nouvelles, je me rendais compte que ce n'était pas du tout cela que j'avais attendu. Je voulais que nous lui manquions suffisamment pour qu'il appelle. Je voulais qu'il revienne. Nous qui avions tellement rêvé son retour, nous nous retrouvions avec une phrase qui n'était pas de lui, griffonnée à la va-vite sur un morceau de carton.

– Peut-être qu'il a cette étrange maladie qui fait oublier les choses toutes les deux minutes, diagnostiqua Sacha.

– Je doute que papa se soit transformé en pigeon.

– La maladie existe, répliqua-t-elle. Je l'ai lu dans *La médecine et ses bizarreries* quand nous étions à la bibliothèque, jeudi dernier. Tu sais, quand tu étais en train d'écrire sur la table parce que tu en avais marre des corrections de Jésus, et que la dame t'a dit d'arrêter sinon elle allait le tatouer sur ton front. Et que tu lui as répondu qu'elle n'avait qu'à...

– Je me rappelle, Cha, coupai-je. Et je te crois. Seulement, je suis certaine que papa n'est pas amnésique.

Elle réfléchit puis d'une voix sinistre affirma :

– S'il n'y a aucune explication rationnelle, c'est encore plus abominable.

– Je sais... Au moins, il nous écrit, maintenant.

Pourtant une vaste déception creusait des tunnels dans mon estomac.

– Tu penses à tes cadeaux ? demanda Cha, feignant l'enthousiasme.

Je souris avec moins d'entrain que prévu. Je retins mes pleurs, peut-être un quart d'heure, le visage tiraillé par une mimique épouvantable. Sacha ne lâcha pas ma main qui devint plus moite qu'une forêt tropicale. Quelques larmes s'échappèrent de nos yeux. Nous les essuyâmes d'un mouvement bref, du revers de la main – et ce fut tout. Tout ce que papa méritait. Désormais, nous n'espérerions rien de plus que des cartes postales.

Ma sœur garda le silence jusqu'à ce qu'elle ne pût retenir davantage ses mots.

– Ceci n'est pas un papa.

Je lui souris puis l'enlaçai avec la tendresse d'un marshmallow.

– Tu es le meilleur cadeau d'anniversaire qu'on puisse avoir, et je le pense chaque année, soufflai-je dans ses cheveux qui sentaient la terre humide.

– Et le cadeau de Noël, alors ? s'enquit-elle, faussement outrée. Je ne suis pas ton meilleur cadeau de Noël ? Et celui de la Saint-Valentin ? Et Thanksgiving ? Et Hanoukka ?

Nous rîmes ; un rire qui soulage après une vive douleur.

Afin de nous faire oublier l'épineux courrier, Jessup nous convia au salon. Erika tira les rideaux. Elle avait tenu à être présente pour mon anniversaire, et quelque part, sous la multitude des jours importants qu'elle avait manqués, cela me réjouit. Elle faisait des efforts. Pour moi.

Seule la télévision éclairait la pièce et nos visages mouchetés.

– Nous allons visionner le cycle de l'horreur en mangeant du pop-corn jusqu'à vomir du maïs par les narines ! lança Jessup avec jubilation.

C'était exactement ce dont nous avions besoin, du sang et du sucre.

– Je vais chercher *Cannibal Holocaust* ! hurla Sacha, déjà dans le couloir.

– Nous avons un cadeau pour toi, souffla Erika, peu accoutumée à ce type de formule.

Cha revint, poussant un curieux chariot à bout de bras. L'étrange petite vitre avait l'air de dissimuler un écriteau mais il faisait trop noir. On aurait dit un stand à hot dogs.

Erika alluma les lumières.

– Comme ça, tu ne seras pas forcée de rendre visite à Berthe pour sentir le caramel ! clama-t-elle.

Une machine à pop-corn ! Un modèle authentique qu'on ne trouve plus que dans les foires et les vieux cinémas de quartier.

– Merci, chuchotai-je tout bas.

J'en avais parlé à Cha il y a des mois de cela. En janvier, j'avais lu dans *Trésors du cinéma hollywoodien des années 1950-1970* que les vrais cinéphiles possèdent toujours un objet de collection, qu'il s'agisse d'une vieille bobine ou d'une machine à pop-corn. Nous avions cherché sur Internet pendant des heures. Les prix étaient exorbitants. Il nous aurait fallu tondre les pelouses de toute la région.

– J'ai soudoyé trois contorsionnistes, une femme à barbe et Clark Gable pour te dégoter ce petit bijou, annonça Jessup avec une grande fierté.

– Je peux en témoigner, j'étais là, ajouta Erika, un sourire complice aux lèvres.

Elle avait l'air tellement contente que je les embrassai tous les trois. Parce que l'atmosphère n'avait pas été aussi chaleureuse depuis si longtemps. Sacha m'imita avec bien plus d'aplomb.

– Si les vieilleries domptent les lions, nous allons faire la tournée des brocantes ! s'exclama Jessup.

Erika était trop stupéfaite pour parler. Nous ne l'avions pas embrassée depuis le mois d'octobre.

Elle était rentrée un soir et avait trouvé le salon propre ; plus une trace des mouchoirs usagés ayant essuyé ses rivières de larmes. Sa chambre était rangée, le lit fait au carré. Nous avions changé les draps et débarrassé les dizaines de tasses à café à moitié vides de son guéridon. Le réfrigérateur ne contenait plus rien de périmé. J'en avais eu assez des remarques de Vanille du type : «T'es sûre que ta mère ne va pas se pendre avec tous ces mouchoirs ? » Ou : « Il n'y a pas plus sain qu'une séance de révision dans un manoir hanté ! » Ma sœur et moi avions donc remis la maison en ordre afin qu'elle n'eût plus l'air d'être en deuil. Cependant, Erika avait hurlé que nous n'étions que deux harpies, des égoïstes, que nous n'avions aucun droit dans cette maison, surtout pas dans *leur* chambre. Malgré les protestations et la crise de Cha, elle avait claqué la porte et n'était rentrée que deux jours plus tard, deux pommes d'amour à la main pour se faire pardonner.

À la lumière de ce souvenir, je comprends mieux le feu d'avril. Ce n'était pas la solution la plus intelligente et elle aurait dû nous demander notre avis. Néanmoins, Erika avait cru bien faire, souhaitant gommer ce qu'il restait de son chagrin mais également du nôtre. Au moins les traces extérieures. Comme un ultime coup de pouce au destin pour enfin nous extraire de ce fichu 1er juillet.

11

Jessup nous regarde avec angoisse détacher la corde de la barque reliée au ponton.

– Rentrez pour le goûter, crie-t-il, il y aura des gaufres !

De la fenêtre de la cuisine, il agite la main à la manière d'une Miss Venezuela tout juste sacrée Miss Univers.

Nous le saluons puis filons sur le lac. Jessup s'en approche le moins possible. Sa phobie de l'eau est impressionnante. Un reportage sur les océans peut lui donner des sueurs froides. Il nous a d'ailleurs confié qu'il détestait notre salle de bains. « La baignoire m'effraie autant qu'Hannibal Lecter », a-t-il chuchoté dos au robinet, de peur d'être entendu. Depuis cet aveu, Sacha ne cesse de dire qu'elle va se faire couler un « Hannibal plein de mousse ».

Les touristes abondent sur l'autre rive, à l'endroit où se trouvent les hôtels, les bungalows et les villas. Nous les croisons parfois, maladroits sur leurs pédalos, canoës et leurs locations d'été. Nous ne nous rendons pas sur la rive aménagée pour eux, couverte de sable artificiel et de serviettes de plage à rayures bleues et blanches. Nous risquerions d'y croiser les blattes du lycée et les pucerons de l'école.

Heureusement, le lac est bien assez grand et les indésirables craignent les lieux cachés derrière la haute roselière.

Nous amarrons toujours notre barque à moins de dix kilomètres de la maison, au bord d'une enclave sauvage couverte de linaigrettes, ces herbes à coton qui ressemblent à de minuscules barbes à papa, faisant glousser les plus chatouilleux, comme Sacha. « Un endroit parfait pour observer les libellules *Calopterygidae* et les nudistes », avait dit papa, une paire de jumelles autour du cou. Un petit bout de paradis, sur lequel nous avons installé une corde à la plus haute branche d'un hêtre afin de sauter dans le lac tels Tom Sawyer et Huckleberry Finn bondissant dans le Mississippi.

Cependant, à quelques mètres du refuge de notre enfance, nous entendons un chien aboyer et des voix réciter les dialogues d'une pièce familière.

– *La cerisaie*, de Tchekhov... me dit Sacha.

Quatrième ouvrage dans son Top 5.

Nous écoutons une ravissante voix de femme déclamer avec fougue :

– *« Abattre la cerisaie ! Pardon, mon cher, vous n'y entendez rien ! S'il y a dans toute notre province quelque chose d'intéressant, de remarquable, c'est notre cerisaie. »*

Avant même que quelqu'un ne réponde, Sacha récite :

– *« Il n'y a de remarquable dans votre cerisaie que son étendue ; il n'y a des cerises que tous les deux ans et alors même on ne sait qu'en faire ; personne ne veut les acheter.* » Ma réplique préférée de Lopakhine ! s'écrie-t-elle. Tu te souviens, quand le marchand...

– Chut ! je l'interromps, ma main posée sur sa bouche.

J'essaie d'éloigner l'embarcation mais il est trop tard.

– Qui est là ? demande la voix.

Toute personne capable de réciter Tchekhov est un ami de Cha, alors elle se jette sur les rames, nous guidant le plus vite possible entre les massettes et les roseaux. Une femme aussi délicate qu'un papier de soie attrape la proue de notre barque. À sa gauche se tient Ivane, un exemplaire corné et gondolé de *La cerisaie* à la main. Non loin se dresse Merlin, ébahi, une canne à pêche posée devant ses pieds nus.

– Ça m'étonnait aussi de ne pas pouvoir attraper un seul poisson, assure-t-il, faussement arrogant.

– Nous n'y sommes pour rien, lui répond Sacha en ricanant. La pêche, c'est une affaire de technique. Soit on l'a, soit on ne l'a pas !

Une réplique de papa.

Ivane et la délicatesse personnifiée explosent de rire, suivis de près par Merlin qui tente de nous aider à attacher notre corde à l'anneau planté dans le sol. À l'évidence, il n'a l'habitude ni des nœuds marins ni des canots.

Je lui retire la corde des mains et, malgré son air dérouté, je m'en occupe bien mieux que lui.

– Des années d'expérience, lui confie Cha.

Il acquiesce, les bras ballants et les joues roses.

– Phénix, Sacha, je vous présente Prudence, ma femme, dit Ivane en soulevant ma sœur de la barque.

Toute l'élégance du monde est dans ce prénom – *Prudence* – et je ne connais personne qui le porte si joliment.

– J'ai beaucoup entendu parler de vous, s'exclame-t-elle en nous embrassant affectueusement.

Ses yeux sont aussi verts que ceux de Merlin, toutefois la ressemblance s'arrête ici. Elle est si menue qu'on croirait une adolescente dans sa large salopette. Pendant un instant, j'ai l'impression de voir la version adulte de Sacha : mêmes boucles châtains, mêmes oreilles adorables et décollées, mêmes ongles rongés des êtres tourmentés et, surtout, même air d'être d'ailleurs. On s'attendrait presque à voir débarquer un elfe ou une fée sur leurs frêles épaules.

– Je préfère *La mouette,* affirme ma sœur en caressant le chien qui frétille.

– Moi aussi ! se réjouit Prudence. D'ailleurs, je comptais la mettre en scène l'année prochaine au club de théâtre.

Club de théâtre, autrement appelé *la clé du cœur* de Cha. Elle capte aussitôt mon regard, m'implorant, un sourire adorable dévorant les trois quarts de sa frimousse. Je connais la rengaine mieux qu'elle : il n'y a que les actrices de série B qui n'ont jamais joué sur les planches ; une bonne comédienne se doit de chérir un souvenir de théâtre ; sans Sophocle ou Tchekhov, les grandes tragédiennes n'existeraient pas ; pour être un bon zombie, il faut avoir été un excellent Hamlet, etc.

– Sacha rêve de faire partie d'une troupe, suggéré-je timidement.

– La nôtre, j'espère ! s'enthousiasme Prudence. Nina sera un rôle parfait pour toi.

Ma sœur acquiesce vivement, contenant à peine son envie de la prendre dans ses bras. Je ne la retiens pas car l'élan de tendresse semble partagé.

Elles discutent monologues et didascalies pendant que j'observe la canne à pêche de Merlin avec une application digne du grand Darwin.

– Il n'a pas le bon moulinet, chuchoté-je à Ivane. Il lui en faut un pour la pêche à la mouche avec ce type de fil de soie.

– C'est exactement ce que j'ai dit à ce grand gugusse, confirme-t-il haut et fort, affalé dans sa chaise longue.

Merlin s'assied à mes côtés, tout ouïe. Une odeur plus sucrée qu'un seau de miel infiltre mes narines. Un parfum de supérette pour filles. En général, il sent le tabac et le chlore.

– Dis-moi, Vendredi, pourquoi tu ne me parles jamais ? me demande-t-il sur un ton de charmeur de serpents.

Je regarde Ivane déplacer son transat sous l'ombre du hêtre, nous laissant seuls. Je suis piégée.

– On ne… on ne se connaît pas, bredouillé-je nerveusement.

– Bien sûr qu'on se connaît, Miss Daisy Buchanan ! « Gatsby se consumait d'émerveillement devant la présence de Daisy. »

S'il est capable de citer *Gatsby le Magnifique*, c'est qu'il l'a lu. Il me sourit, pareil à un enfant ayant récolté un 10 sur 10 à sa récitation.

Si seulement il m'était possible de fuir cette discussion qui s'annonce laborieuse, je n'hésiterais pas une nanoseconde. C'est une chose d'imaginer parler à quelqu'un dans ses rêves les plus absurdes, c'en est une autre de se ridiculiser en chair et en os.

– J'ai emprunté le roman à Dee après avoir entendu Sacha en parler. Tu l'as lu, je suppose. Évidemment, tu as tout lu.

– Pas tout, je démens.

Sa main frôle un bleu sur mon genou puis glisse le long de mon mollet. Ses poils de bras se hérissent. Le thermostat du soleil est monté de façon fulgurante et j'ignore si c'est moi, mais les cigales semblent surexcitées tout à coup.

– Je t'observe, tu sais… souvent, très souvent, susurre-t-il à quelques centimètres de ma nuque.

Il est si proche que je parviens à déceler les effluves d'un chewing-gum à la cannelle. Vanille dirait que la meilleure façon de faire taire un mâle est de lui enfoncer sa langue dans le gosier. Comme je ne réponds rien, il poursuit :

– Par exemple, je sais que tu as une petite cicatrice en forme de branche sur ton avant-bras gauche. Ici, dit-il en l'effleurant. Que tu empruntes les mêmes livres que Dee à la bibliothèque, et je suis presque sûr que c'est toi qui les décortiques pour Vanille. Ses analyses sont trop fines pour être les siennes. Mais ton secret est bien gardé, ne t'en fais pas. Quoi d'autre ? Ton casier est le dixième, non, le huitième en partant de la salle 345, à côté de celui d'Annabelle. Et tu as toujours cette mystérieuse clé autour du cou.

J'avale le peu de salive qu'il me reste tandis qu'il me dévisage, radieux.

Tous les enchanteurs ont leurs trucs et astuces. Merlin est observateur, rien de plus. Je me concentre sur son odeur écœurante, sûrement celle d'Annabelle, son dernier trophée de chasse. De toute façon, je ne suis pas de celles qui croient aux miracles du type « Merlin est amoureux et je suis l'élue ». À la rigueur, il pourrait avoir envie de flirter avec moi cet été parce qu'une canicule s'annonce, qu'il s'ennuie à mourir et que ses vraies proies sont en vacances. Mais il ferait semblant de ne pas me reconnaître à la rentrée, et cela me fendrait le cœur d'être à nouveau une ombre dans un couloir. Moi aussi, je l'ai observé. Je connais le fonctionnement du don Juan, si naturel et attirant soit-il, et je préfère que l'on devienne amis.

– « Il n'y a qu'un remède à l'amour : aimer davantage », annonce solennellement Sacha.

Merlin sursaute, rougit puis se rassoit à côté de sa canne à pêche. Je vais la noyer.

– Citation de Henry David Thoreau, répliqué-je. Je t'ai répété combien de fois de ne pas espionner les conversations des autres ?

Cha me tire la langue, plus susceptible encore que Jessup.

– Tu es suffisamment intelligente pour inventer tes propres phrases !

Merlin arrache vigoureusement des touffes d'herbe, l'air froissé. Il doit penser que je parle de lui et de sa réplique à la Gatsby.

– Vous ne trouvez pas que ça sent le désodorisant à la vanille ? demande ma sœur en toussotant.

Merlin rit et renifle son tee-shirt taché.

– Si, c'est moi, admet-il en grimaçant. Je cherchais un parfum pour l'anniversaire de ma mère.

Et non pour celui d'Annabelle Frost, me dis-je, soulagée.

– Phénix a fêté le sien le 1er juillet ! l'informe Sacha.

– Oh, je ne savais pas ! s'exclame-t-il, désolé.

– Tu n'as pas l'air de savoir grand-chose à son sujet, constate Cha avec dédain.

Je reconnais le ton moqueur et l'air méprisant de Jessup lorsqu'il se moque de ses collègues. D'un regard

Sacha comprend qu'elle ferait mieux de se calmer, et de retrouver sa douceur. Je ne plaisante pas.

– Tu as entièrement raison, il faut que je me rattrape, affirme Merlin.

Non, je secoue la tête, il n'a rien à rattraper. S'il continue à être si gentil, je vais finir par me faire des idées.

– Pas de parfum, conseille Sacha. Phénix, elle aime les cadeaux personnels comme les dessins, les énigmes inventées, les films introuvables ou les objets faits maison. Sauf l'année dernière, c'était spécial parce que notre père est parti, alors elle…

Je lui jette un coup d'œil qui l'arrête net. Je ne me contenterais pas de la noyer, cette fois. Je la découperais en fines lamelles avant de la manger. C'est une idée de scénario qui lui plairait à coup sûr.

– Je retiens, un cadeau très personnel, dit Merlin, songeur.

– Non, ce n'est vraiment pas la peine, insisté-je.

Il me sourit de son sourire du vendredi.

Entre Tchekhov et les plongeons dans le lac, Ivane et moi discutons longuement de papa. Il est aussi agréable d'entendre de nouveaux souvenirs que de découvrir une vieille malle pleine de photos de famille dans son grenier.

Mais, à trois heures et demie, le goûter de Jessup me revient en mémoire. Et nous quittons les Baldini. Évidemment, les gaufres ne sont qu'un prétexte pour nous voir rentrer saines et sauves à une heure fixe, à ne surtout pas dépasser, au risque de devoir passer le reste de la journée face à nos cahiers.

Nous ne reverrons malheureusement pas Prudence ni les autres avant la fin du mois d'août. Ivane les emmène camper en haute montagne. Au regard attristé de Cha, je comprends qu'elle aussi aurait bien voulu qu'ils nous prennent dans leurs sacs à dos. En tout cas, qu'ils occupent à nouveau illégalement notre refuge comme des coucous ne nous aurait pas gênées, bien au contraire.

Les Baldini sont plus qu'attachants. Il se pourrait qu'ils deviennent notre seconde famille.

12

Jessup est à Brighton, dans le sud de l'Angleterre. Il est resté très vague lorsque Sacha lui a demandé pourquoi il devait s'en aller si précipitamment. Il a parlé d'un problème de famille à régler, pestant contre son père avec vigueur, maudissant la poussière qui se soulevait à chacun de ses pas. Erika n'a pas bronché. Smith est un homme discret, ténébreux, et elle n'est pas du genre à faire une scène en public (c'est-à-dire devant ses enfants), ni même en privé, je crois.

Il a tout de même appelé cinq fois en une semaine. Je trouve l'attention particulièrement touchante car Jessup n'est pas un grand bavard. Il souhaitait entendre des « voix amicales », et nous décrire les différents spécimens de lépidoptères visitant le jardin du Pavillon royal de Brighton. Enfin s'assurer que nous profitions du rayonnant mois de juillet (sans oublier nos cahiers d'exercices).

Ce que nous faisons activement.

Le matin, nous parcourons la maison en rollers, en skateboard et à cloche-pied, si bien que Sacha maîtrise enfin la descente des escaliers sans se faire le moindre hématome. Nous lançons de multiples feux d'artifice et pétards du jardin à la nuit tombée : canons, dragons rouges, tigres du Bengale et autres bêtes féroces rugissent parmi les étoiles. Berthe nous les fournit gratuitement. Elle dit que tous les moyens sont bons pour éloigner les touristes, toujours plus nombreux et impolis. En vérité, elle ne supporte plus qu'on lui loue exclusivement *Le diable s'habille en Prada* et *Twilight*. Afin de la distraire, nous lui rendons visite après le déjeuner, ne serait-ce que pour lui recommander un titre de film noir des années 1930 ou un réalisateur iranien. De temps à autre, l'air innocent, elle nous pose des questions au sujet de Jessup, mais refuse de répondre à celles de Sacha à propos du *Norvégien*. Elle affirme que Merlin se confiera un jour, « pour devenir un homme, il n'aura pas le choix – et lorsqu'il le fera, il n'ira *voir* personne d'autre que toi », m'a-t-elle assuré. On aurait dit une réplique lancée par Clint Eastwood dans *Le bon, la brute et le truand*. Le problème étant que je ne suis jamais parvenue à décrypter les phrases codées des westerns spaghettis. Puis je ne comprends vraiment pas pourquoi Merlin aurait besoin de venir me voir, moi, pour devenir un homme.

Sacha et moi achetons régulièrement de nouveaux végétaux pour la serre de papa. Principalement des plantes carnivores afin de lutter contre une invasion de mouches. Néanmoins, les voraces poussent à une vitesse anormale et attaqueront bientôt les orchidées si nous ne nous en débarrassons pas au plus vite. Il se trouve cependant qu'il n'y a plus une seule mouche dans les parages, aussi bien dehors que dedans. Sacha affirme qu'elles se sont passé le mot et que nous devrions cultiver une armée de carnivores pour éloigner les gros prédateurs tels que les renards, les grizzlis « ou les hommes dangereux du type M. Smith », a ajouté Vanille pour rire.

Celle-ci nous rejoint certains soirs, lorsqu'elle a besoin de la barque pour ses escapades nocturnes en compagnie de Dee. En échange, elle nous apporte de gigantesques glaces aux noms aussi alléchants que Crazy Caramel Fudge Lovers ou Sparkling Guimauve & Triple Chocolat. Parfois Vanille reste dormir à la maison, ce qui fait d'elle la victime idéale de Cha. Lumières éteintes, dissimulée derrière la porte d'entrée, ma sœur l'attend, bras devant, mouvements saccadés, mieux maquillée que dans *Zombieland*. Hier soir, Vanille en a tremblé si fort qu'on aurait dit un patient en proie à une sévère crise de paludisme. Nous avons ri à en avoir des crampes à l'estomac.

Douze cartes postales de papa sont arrivées à intervalles irréguliers. Une citation et un dessin sur chacune. Elles provenaient successivement du détroit de Magellan, de San Julián et de Puerto Lobos. Quatre cartes par endroit. Comme elles sont toutes différentes, j'aime imaginer notre père parcourant des kilomètres à la recherche de celle qui nous manque. Nous en avons profité pour nous acheter une énorme mappemonde et une boîte de punaises. Nous l'avons accrochée au mur de la chambre inoccupée – celle qui sert de bibliothèque – afin de retracer l'itinéraire de papa : une remontée tout en douceur de l'Argentine le long de la côte atlantique. Sacha a d'ailleurs lu trois ouvrages au sujet de la Pampa. Le résumé de deux heures qu'elle m'en a fait était très attrayant.

Quand Jessup est enfin de retour, le teint hâlé, les yeux cernés et des recettes de scones au fond des poches, Erika a l'idée fabuleuse de repeindre la maison. Sacha et moi y avions songé à plusieurs reprises. Seulement, depuis l'épisode d'octobre, nous sommes incapables de proposer à notre mère quoi que ce soit concernant de près ou de loin la maison, de peur qu'elle ne s'évade pour de bon cette fois-ci.

Nous choisissons donc tous les quatre une couleur, « une couleur heureuse », insiste Jessup. À ces mots, des fourmillements désagréables parcourent mon abdomen. J'ai l'horrible impression que nous sommes en train de remplacer papa, de le recouvrir d'une vulgaire couche de peinture afin qu'il disparaisse pour toujours sous les murs décrépis. J'y réfléchis longuement, néanmoins je n'objecte pas. Au fond, Jessup n'y est pour rien si notre maison n'est plus tout à fait celle de notre père, si nos décisions se sont affranchies de son opinion. Lui seul a choisi de prendre le large, voguant sur les flots, perdant ainsi le droit de préférer un coloris plutôt qu'un autre. Il est peut-être enfin temps pour moi de l'accepter, et de faire délicatement descendre papa de son piédestal.

Sacha hésite une centaine de fois avant d'opter pour un rouge « sang coagulé », spécifie-t-elle. Erika manque de s'étouffer sans toutefois le lui interdire, espérant qu'elle changera à nouveau d'avis. Pourtant il n'y a rien de macabre cette fois-ci. Cha aime le pourpre car la première orchidée que j'ai plantée pour elle était une *Miltonia* à la corolle tachetée de vermillon. Elle y tient tant qu'elle pleure à chaque fois que la plante perd une de ses fleurs.

À l'inverse, notre mère ne cherche pas longtemps sa couleur. Elle choisit un vert pomme, « une couleur qui donne la pêche », explique-t-elle. « Ou qui décape la rétine », je me retiens de dire, car je me souviens de l'enveloppe de couleur verte de notre père, le même pomme Granny Smith. « Il vagabonde toujours dans un coin de sa tête », chuchote Sacha à mon oreille.

Jessup choisit du blanc, propre et neutre, ce qui me rappelle à quel point j'avais trouvé sa voiture terne et froide. À quel point ses goûts traduisent toujours un certain manque de tendresse et de souvenirs heureux.

Finalement, j'apporte ma touche de bleu, le bleu Frida Kahlo, le bleu de la barque et du vélo, du ruban autour de ma clé et de mon pull préféré, le seul qu'Erika ait oublié de brûler car il se trouvait dans mon placard et non dans celui de papa. Il s'agit avant tout du bleu des yeux de Sacha, la première fois qu'elle les a ouverts sur moi à la maternité, une couleur à jamais associée à ce que j'ai de plus précieux.

Nous inscrivons toutes les pièces de la maison sur des morceaux de papier puis tirons au sort. La chambre d'Erika voit rouge. La nôtre et la chambre d'amis, bleu. Le salon et les salles de bains, vert. La cuisine, blanc.

Nous avons bien entamé nos œuvres lorsque Jessup, rouleau en l'air, peinture coulant le long de son bras, parle d'emménager.

– Ce serait pratique ! lance-t-il avec une énergie que nous ne lui connaissons pas.

– En effet, réfléchit Erika, enjouée.

– Il faut que tu installes une douche à côté d'Hannibal Lecter, rétorque Cha, pleine de logique.

Erika me dévisage. Incapable de deviner ce que j'en pense, elle ose un craintif :

– Qu'en dis-tu, Phénix ?

Papa n'a aucun moyen de l'apprendre, songé-je immédiatement. Puis je me ravise. Même s'il l'apprenait, je ne vois pas pourquoi nous devrions nous sentir coupables. Cinq mois passés aux côtés d'un inconnu, ce n'est certes pas long, néanmoins, en comptant les huit mois de solitude d'Erika, le problème ne se pose plus. Nous avons respecté l'année d'isolement imposée par le « code implicite des pères en fuite ». Cela évitera à Jessup de faire des allers-retours incessants, étant donné qu'il passe plus de temps ici qu'à son appartement en ville. Puis il n'enseigne qu'aux terminales littéraires, par conséquent je ne serai pas une de ses élèves l'année prochaine.

– C'est une bonne idée, je conclus.

Smith bondit si vite pour m'enlacer que la bâche protégeant le vieux parquet glisse sous ses pieds, l'obligeant à se raccrocher à moi plus fort que prévu. On croirait que je viens de lui annoncer la fin de la famine en Afrique.

Depuis son retour, son comportement est des plus curieux. Comme si la moindre petite phrase lui donnait un élan démesuré, une force telle qu'il semble capable de construire mille barques à mains nues. Peut-être que son séjour à Brighton fut désastreux, et qu'il est simplement heureux de nous revoir.

En tout cas, Erika n'y voit rien d'anormal. Elle ricane – comblée – à chaque fois que Jessup fonce sur elle, la couvrant de baisers humides, se comportant de la même façon que Sacha lorsqu'elle joue avec Pan, le samoyède des Baldini. Pourtant, ma sœur et moi sommes plus réservées, puisqu'il ne fait aucun doute qu'il est plus naturel avec elle qu'avec nous. En notre présence, il est volontaire pour tout mais son enthousiasme euphorique sonne faux. Il ressemble à un enfant intéressé, se forçant à rendre service à sa grand-mère dans l'attente d'une récompense. Si nous souhaitons lui montrer quelque chose, Jessup ne nous suit pas spontanément. Il cherche d'abord Erika pour s'en vanter auprès d'elle, puis nous prie de lui présenter notre découverte « vite, vite, vite », car il a un tas d'autres choses à faire. Il ne se comporte pas toujours ainsi heureusement, néanmoins, lorsque c'est le cas, nous gardons nos distances. La dernière chose dont nous avons envie est de douter de sa franchise avant même qu'il emménage.

13

Une semaine après l'annonce, alors que la maison sent toujours la peinture, Jessup pose une valise en cuir usée jusqu'à la moelle et son cartable de professeur à côté de la commode d'apothicaire, dans l'entrée. Rien de plus. Pas même un carton oublié dans le coffre de sa voiture.

– Tu sais que les gens qui voyagent léger sont de grands coléreux. « Plus petite est la valise, plus grand est le courroux », cite Sacha, soucieuse. Où sont tes meubles, tes cartons, tes bibelots, tes lampes, tes plantes, tes li... ?

– Crois-moi, il n'y avait rien de valable dans mon taudis, coupe-t-il.

Connaissant le goût de Jessup pour le rangement, le mot *taudis* me paraît excessif. Mais il est vrai que nous ignorons presque tout de cet appartement, si ce n'est qu'il s'agit de la fenêtre aux volets jaunes, au-dessus du café situé à l'angle de la rue de l'école et de celle du lycée.

Une fois de plus, il préfère changer de sujet.

Toutefois, je note qu'il n'a pas contredit Sacha à

propos de cette idée de colère inversement proportionnelle à la masse des bagages. Elle n'insiste pas, car il retire ses lunettes et entreprend de les nettoyer à l'aide de son tee-shirt. Je l'ai souvent vu faire ce geste en classe, signe de fatigue et d'exaspération. En notre compagnie, cela se produit surtout à l'aube et au crépuscule, périodes durant lesquelles il est le plus mélancolique, semblant porter la misère du monde sur ses épaules.

Jessup s'installe dans la maison, hésitant, ressemblant à ces animaux que l'on relâche dans la nature après des années de captivité, immobiles et démunis, ne sachant que faire d'autant d'espace et de liberté.

D'abord il accroche son manteau à un cintre et non aux crochets fixés à la porte d'entrée. Puis il observe les chaussons qu'a choisis Erika comme s'il n'en avait jamais vu de sa vie, sans oser y glisser les pieds. Ses livres – classiques et peu nombreux – ne se mêlent pas aux nôtres sur l'imposante bibliothèque du salon. Ils restent dans un sac plastique transparent sous le meuble de la télé. On dirait que Jessup joue une partie de mikado, craignant de perturber l'équilibre de notre environnement au moindre déplacement d'objet. Mais il se trompe s'il pense que nous sommes des princesses délicates, vivant dans un palais plus fragile que des feuilles d'or. Papa nous a élevées en Vikings, « la boue sous les bottes, la terre sous les ongles et la sueur sous les bras », trois règles immuables que nous suivons depuis nos premiers pas.

– Jésus m'inquiète, me confie Sacha le soir même. Te rappelles-tu ce qu'a dit papa ?

– Non.

– Que ceux sans photos sont des traîtres ? Que l'homme sans souvenirs n'a aucun avenir ?

Il est vrai que Jessup ne possède pas un seul objet de famille. Pas même un minuscule cliché coincé sous le plastique de son portefeuille.

– Ne t'en fais pas, papa parlait des nazis, la rassuré-je. Et Jessup a probablement évoqué son enfance difficile avec Erika. Nous ne lui disons pas tout non plus.

Cha réfléchit puis note quelque chose dans un carnet à la manière d'un commissaire ayant mis le doigt sur un indice capital pour l'enquête.

– Toi, non, tu ne dis rien à personne, corrige-t-elle. Mais moi, si.

– Tu dis tout à tout le monde, plaisanté-je.

– Tu fais semblant, mais tu sais bien qu'il a changé, proteste-t-elle.

Je ne nie pas car il est impossible de ne pas l'avoir remarqué. Sa vigueur des jours passés s'en est allée en même temps que les touristes et leurs transats, laissant place aux coups de soleil et à une certaine lassitude, presque une déprime. Comme si la saison des rires et des jeux d'été avait pris fin. Et qu'il fallait reprendre son banal quotidien qui s'annonce à grands coups d'automne.

À présent, Jessup a constamment l'air contrarié. Il écoute avec moins d'attention, cuisine avec moins de plaisir, hormis les jours durant lesquels Erika se trouve à la maison. Elle seule parvient à le motiver sans effort. Moi, je reste impuissante, quoi que je fasse.

14

Vanille vient déjeuner ce midi. Après trente-quatre appels en trois jours, j'ai cédé à son caprice : un repas en compagnie de Jessup.

Heureusement, elle ignore à quel point elle l'exaspère. « De toutes les affreuses créatures dans ce bas monde, Mlle Paparazzi est de loin la pire. Tu n'aurais pas pu m'achever d'une façon plus cruelle », m'a-t-il avoué lorsque je lui ai demandé si cela l'embêtait. Malgré son sourire en coin, j'ai senti qu'elle n'était réellement pas la bienvenue. Cependant le rendez-vous était pris et je n'ai pas eu le courage de la rappeler.

Elle compte sur cette rencontre pour briller en société à la rentrée.

Après avoir parcouru les pièces multicolores en sifflant, stupéfaite, Vanille s'assoit en face de Jessup avec à peu près autant d'élégance qu'une courtisane édentée.

– Ma mère est aussi passée par une phase *coloriage* après son divorce, confie-t-elle, tripotant ses lèvres écarlates. Mais sans vouloir vous offenser, en vachement moins foireux psychédélique que Mme Erika !

Jessup l'examine comme il le fait parfois en classe, lorsque nos copies sont tellement mauvaises qu'il préférerait mourir plutôt que de devoir noter de telles stupidités. Je lui jette un coup d'œil le priant de rester gentil. Mais au lieu de son air habituel, un brin railleur, je décèle quelque chose au creux de son regard perçant, une lueur inquiétante qui m'impose le silence.

– J'ai enfin trouvé ! crache Sacha, la fourchette pointée sur Vanille. Tu ressembles à Lolita, la version filmée de 1997.

J'y ai songé moi aussi en apercevant ses jolies taches de rousseur, ses tresses et son corsage aussi innocent que des porte-jarretelles. Elle a joué la carte de la nymphette.

– Je n'aurais pas trouvé meilleure comparaison, ajoute Jessup, narquois.

– Merci ! répond-elle, le regard aguicheur.

– Incontestablement, cela n'est pas un compliment, riposte-t-il.

Voyant notre invitée devenir plus vermillon que son rouge à lèvres, je n'ai d'autre solution que de prendre sa défense.

– L'actrice est magnifique dans le film, affirmé-je avec franchise.

Sa joie disparaît plus vite qu'un château de cartes sous un tsunami quand Vanille entend Jessup avaler de travers, un rire froid et rauque coincé dans la gorge.

– Tu plaisantes, n'est-ce pas ? tousse-t-il. Cette bécasse est aussi jolie qu'un bouton plein de pus, la quintessence du vulgaire !

Je ne suis pas certaine de savoir s'il parle de l'actrice ou de Vanille. Cha non plus, qui évite poliment de croiser le regard embué de larmes de notre pauvre invitée. Je ne comprends pas l'attitude exécrable de Jessup. Il ne se permettrait jamais une humiliation de cet acabit en cours. Nulle part, d'ailleurs.

J'ai envie de lui dire « ça suffit », mais à la place je mets un coup de pied discret dans la chaise de Jessup. Qu'il critique des inconnus dans la rue, certes, qu'il s'acharne de façon diabolique sur mon unique lien social, certainement pas. En réponse, il ne se contente pas de lever un index menaçant. Il me rend mon coup, cette fois dans le tibia – et d'une puissance décuplée –, si bien que je me demande s'il n'a pas des poignards au bout de ses chaussures déjà fort pointues. Je réprime un cri aigu, la mâchoire close. Il ne plaisante pas, me fixant de l'air de quelqu'un qui me fera passer un mauvais quart d'heure s'il me prend l'envie de retaper dans sa chaise. Effarée, je perds la voix et l'appétit. Sacha n'ose rien dire non plus pour le bien de notre convive.

Nous poursuivons ainsi cet affreux déjeuner dans un silence d'enterrement.

Je crois que Vanille s'est maquillée comme le font les petites filles pour imiter leurs mères, sans véritable intention. Un clin d'œil, à la rigueur une bise de Jessup lui auraient suffi à parader l'année entière. La pauvre insiste pour se laver le visage avant de rentrer chez elle, plus honteuse qu'une fille de joie. Je suis confuse, incapable de lui expliquer ce qui vient de se produire. Jessup peut être rude, pourtant jamais il ne s'est comporté de la sorte. Il est impossible que Vanille soit à elle seule responsable d'une telle transformation.

Ma sœur et moi tentons de la distraire, mais elle préfère s'éloigner au plus vite de l'« antre du diable », le moral au fond de ses ballerines.

J'envoie Sacha arroser les plantes à ma place pour parler à Jessup. Je n'ai aucune envie qu'elle s'alarme d'un simple coup de pied pour lequel il se confondra sûrement en excuses.

– Regarde, tu m'as fait mal, lui dis-je en montrant la trace sur ma jambe, une moue exagérément douloureuse aux lèvres.

L'autre jour, Cha a obtenu un baiser sur le doigt pour une blessure bien moins grave. Je n'en demande pas tant. Un pansement et un mot gentil suffiront.

– Ça t'apprendra, répond-il sans une once d'humour. Toujours à défier mon autorité.

Ni excuse ni pansement.

– Je ne suis pas ton copain, ajoute-t-il durement.

J'acquiesce, interdite.

Jessup expire, furieux, les poings sur les hanches. Il s'approche de moi. C'est idiot, pourtant je recule.

– Tu peux t'estimer heureuse que ce soit la seule marque que tu aies sur cette jambe étant donné le nombre de fois où tu as été insolente, constate-t-il. Je savais que j'aurais dû être plus ferme dès le départ ! Et à l'avenir, fais-toi des amis à la hauteur de ton intelligence ! Je ne te le répéterai pas deux fois. Je ne veux plus voir ça chez moi, entendu ?

Il n'attend pas de réponse, me tourne le dos et rejoint le salon tranquillement.

Je ne veux plus voir ça ? Parle-t-il de Vanille ?

Mon cœur bat dans mes tempes ou bien dans mes oreilles. Je suis un peu déboussolée, je crois. Je reste plantée un long moment dans la cuisine. Je nettoie du mieux que je peux la vaisselle, faisant le moins de bruit possible, comme si la menace de Jessup s'appliquait également aux cliquetis des couverts ou à la vue d'une assiette mal rincée.

– On a un lave-vaisselle, lance Sacha derrière moi. Pourquoi frottes-tu aussi fort ? Qu'est-ce que tu as ?

Ses yeux ont leur drôle d'éclat, au bord de la crise de panique.

– Aide-moi à essuyer, ordonné-je très vite.

– Tu es presque aussi bizarre que Jésus. Il t'a disputée ? Tu es fâchée contre lui ?

Je remue la tête de gauche à droite et l'asperge de mousse pour détourner son attention. Elle s'esclaffe, frottant le torchon contre son visage. J'expire mais la tension est toujours à l'intérieur.

– Ça complote ? lance Jessup, la tête dans l'entrebâillement de la porte.

Je sursaute malgré moi et ris nerveusement. Que se passe-t-il ? L'atmosphère semble tout à coup différente, comme si quelque chose de lourd et d'opaque s'était déposé sur nous. J'ai à peine le temps d'y penser que déjà Sacha s'empare d'un énorme flocon de mousse et se dirige vers Jessup. Mon cœur s'emballe de façon étrange tandis que je les entends hurler puis rire d'ici, de la cuisine où je n'ai pas bougé, les mains agrippées à l'évier. J'ai perdu le contrôle de mon corps, incapable de me mouvoir. J'entends à nouveau l'écho de la menace, *tu peux t'estimer heureuse que ce soit la seule marque que tu aies sur cette jambe.* Mais les éclats de rire de Jessup sont tellement forts et sincères qu'ils me sortent de ma torpeur, m'obligeant à enfermer cette curieuse phrase dans un lieu isolé, séparé du reste de mon esprit.

– Phénix ! Viens m'aider ! s'écrie-t-il en traversant le couloir en trombe, suivi de Sacha, un seau d'eau à la main.

Je souris, soudain plus légère.

Évidemment que Jessup ne pensait pas ce qu'il a dit et qu'il regrette ce qu'il a fait. Il n'a pas l'habitude de se fâcher sérieusement contre nous. Il n'a simplement pas su comment s'y prendre. Ou bien il était de mauvaise humeur. Cela arrive à tout le monde.

La menace réduite à la taille d'un microscopique insecte rampant le long des parois de mon estomac, je les rejoins.

15

Il est six heures trente passées lorsque Sacha cherche sa jupe blanche dans le bac à linge sale. Tous les ans, elle joue la même scène. Nous préparons nos affaires la veille et, au dernier moment, elle choisit une tenue différente.

– Celle avec le perroquet sur la poche arrière, décrit-elle à Jessup, qui vérifie pour la troisième fois le placard. Je la portais quand tu as dit à Phénix qu'elle devait absolument choisir une activité extrascolaire ; j'ai proposé le théâtre mais elle a répondu non. À cause de Merlin, si tu veux mon avis.

Il est trop tôt pour tenir un discours aussi long, au débit si urgent, surtout si *Merlin* s'y infiltre sans raison. Le réveil a été difficile. Il l'est toujours avant neuf heures, sauf si c'est pour aller pêcher.

– Sacha, je ne compte pas être en retard à cause d'une jupette à perruche, s'impatiente Jessup. Pourquoi ne pas mettre celle que Phénix t'a préparée ? Qu'est-ce que ça change ?

Ma sœur a ses croyances. Tenter de les déloger revient à creuser dans du béton à l'aide d'une cuillère en plastique.

Le vêtement de la rentrée détermine selon elle qui l'on est pour le restant de l'année, et s'il est choisi à la légère, autant se rendre nu à l'école.

– Jésus, si tu cherches une perruche, tu ne trouveras jamais ma jupe, parce que c'est un perroquet. Ils ont une queue plus courte et les aras…

– Cha, mets autre chose, s'il te plaît.

Je ne veux pas qu'elle irrite davantage Jessup car, lorsqu'il est à bout, il s'en prend à moi.

Elle hausse les épaules, se dirigeant vers la salle de bains, la jupe non désirée à la main.

– Je vous tiendrai pour responsables si je deviens la risée du préau ! hurle-t-elle en claquant la porte.

Sa réaction est si immature que j'éclate de rire.

Je suis encore en pyjama devant mon bol de céréales lorsque Jessup entre dans la cuisine, les nerfs à vif, agitant ses clés de voiture tel un hochet devant un poupon. Nous avons amplement le temps, il me suffit d'enfiler un pull et un jeans, pourtant il ne semble pas être du même avis.

– Phénix ! siffle-t-il entre ses dents.

Inutile d'en dire plus, je connais ce ton de caporal. Je l'ai copieusement entendu ces derniers temps. À croire que tout ce que je fais lui déplaît. Je me dépêche donc d'engloutir le reste du lait chocolaté. Seulement, juste avant d'arriver à l'évier, je trébuche et le bol m'échappe des mains. La mixture éclabousse le pantalon de Jessup avant de se répandre sur le plancher, les morceaux du bol brisé à ses pieds. Au lieu de saisir une éponge, je m'immobilise. Un mauvais pressentiment grouille au fond de mes intestins. Jessup ferme les yeux, prenant sûrement la mesure du temps perdu à changer de pantalon. J'attends les reproches, prête à lui demander pardon.

Silence.

En un éclair, sa main rencontre ma joue, ou peut-être est-ce son poing, car la collision est plus brutale qu'un coup de massue. Sa force est telle que je me cogne la pommette contre l'encadrement de la fenêtre ouverte. La douleur enflamme la moitié de mon visage, et mon cœur bat si vite que j'en ai mal à la poitrine. Abasourdie, je me retiens de rire tant le geste est absurde, comique même. Il a juste glissé, me dis-je, il n'est pas encore habitué au dangereux parquet, à l'endroit où notre mère cire ses escarpins. Il a déjà trébuché sur moi, la fois où nous peignions le salon. Il n'a pas pu faire exprès.

Pourtant, relevant mon visage embrasé, je ne vois aucune lueur au fond des pupilles de Jessup, juste du dégoût et quelque chose de bien plus dangereux qu'un loup affamé.

– Ça t'apprendra, déclare-t-il, les mâchoires serrées.

Ça t'apprendra, une fois de plus. Son coup de pied était donc un véritable avertissement.

Je n'ai jamais reçu de gifle, pas même une fessée. Erika dit que les enfants ne sont pas des chevaux, qu'il est inutile de les éperonner puisqu'ils parlent le même langage que les adultes.

Soudain prise de panique, je m'accroupis afin de ramasser les morceaux de faïence. Mes mains frémissent à quelques centimètres des chaussures de Jessup, noyées dans une flaque de lait. Ses genoux touchent alors le sol et ses mains, assurées et robustes, m'aident à rassembler les débris. Je suis des yeux les manches de sa veste traînant sur le sol humide, se tachant au fur et à mesure que ses doigts épongent, ces mêmes doigts sur ma joue quelques secondes plus tôt. Je les entends claquer encore et encore.

– Allez, ne fais pas cette tête, dit-il gentiment.

Tout à coup, son haleine chaude brûle le haut de mon crâne sur lequel il dépose un baiser avant de disparaître. Que croit-il ? Un geste tendre et on oublie ?

Je prends soin de compter ses treize pas rapides dans les escaliers avant de me relever, chancelante et l'esprit plus nébuleux qu'un ciel de traîne. Je suis au bord d'un précipice, mais ce ne sont pas les larmes qui me font suffoquer. Je suis bien trop furieuse pour pleurer. J'enrage contre moi-même à tel point que j'en ai le souffle coupé. J'enrage d'être muette, de supporter ses sautes d'humeur, ses reproches blessants et ses sanctions démesurées depuis le coup de pied. J'angoisse chaque jour un peu plus de me retrouver seule avec lui. À dire vrai, il me terrifie. Je n'y peux rien, la moindre particule d'air que je respire – avec difficulté – est imprégnée de peur, une peur qui m'affaiblit. Plutôt que de m'élever au-dessus de la colère de Jessup, je m'y enterre pareille à la première victime d'un film d'horreur, celle qui entre dans la grotte sans lampe électrique. Celle qui meurt en premier.

Je suis lâche et ça m'écœure. J'ai l'impression d'avoir cinq ans à nouveau, quand une branche au-dehors avait la forme d'une main crochue, prête à me griffer, et que je n'osais pas même appeler papa tant l'effroi me paralysait. Enfant, j'avais la naïveté de croire qu'une lourde couette me rendrait invincible contre un monstre imaginaire, or, aujourd'hui, je sais que je dois faire face à un beau-père bien réel.

C'est la dernière fois, je songe, chassant les questions et les frayeurs. Je dirai tout à Erika.

Je m'empêche de toucher ma joue endolorie car Sacha me fait face, prête à partir, le cartable de Jessup à la main.

Elle ne doit pas savoir.

– Tu saignes ! Qu'est-ce que tu t'es fait ? demande-t-elle, affolée, la main tendue vers ma joue.

J'attrape ses doigts à la peau si fine qu'on aperçoit ses veines à travers. Elle pousse un petit cri joyeux.

– Elle a essayé d'embrasser la fenêtre, répond Jessup, surgissant de nulle part, un clin d'œil complice à mon intention.

Je confirme d'un regard penaud puis monte m'habiller en toute hâte.

Cela fait deux fois que je mens à ma sœur en moins de deux semaines. J'ai de la chance, l'interrogatoire n'aura pas lieu aujourd'hui. Elle est trop préoccupée à l'idée d'entrer en CM1 pour remarquer mes jambes qui flageolent et la peur au fond de mes yeux.

16

Dans les couloirs encore vides du lycée, je me repasse le film de l'incident du petit déjeuner.

«Je ne l'appellerai plus jamais Jessup», marmonné-je. À l'avenir, ce sera M. Smith, comme avant. Il a perdu le privilège de la familiarité d'un prénom. « Oui, M. Smith est violent.» Je le répète jusqu'à ce que la suite de mots ne signifie plus rien qu'un embrouillamini de sons décousus ; l'effet inverse du S*uperfragilisticexpialidocious* de Mary Poppins. Un effet nocif.

– Vendredi ! appelle une voix que je reconnaîtrais même sous l'eau, des acouphènes pleins les oreilles.

Merlin.

Je n'ai jamais été aussi contente de voir son sourire débordant de souvenirs de vacances. Troublé, il tire sur les anses de son sac à dos. J'oriente mon visage de telle sorte qu'il ne constate rien d'inaccoutumé.

– Je sais, on est lundi, se défend-il. Mais je ne pouvais pas attendre.

Il s'accroupit et fouille dans son sac de sport, un genou à terre. Il me tend alors une forme rectangulaire emballée dans du papier journal. C'est lourd. J'essaie de faire abstraction de la douleur qui picote ma joue en calculant la masse volumique de l'objet.

– Un cadeau très personnel, ajoute-t-il avec un clin d'œil.

Le clin d'œil de M. Smith me vient à l'esprit, plus tenace que le refrain d'une abominable chanson kitsch.

– Wow ! Tu t'es fait attaquer par un touriste ?

Je me crispe, tête basse. Son teint de moniteur de ski et son épi parmi ses cheveux endormis étaient presque parvenus à me détourner de ce terrible réveil.

– J'ai glissé ce matin.

– Aïe ! s'exclame-t-il.

Avant que je puisse protester, sa main effleure la double trace laissée par le chambranle de la fenêtre, ses yeux inspectant la plaie à la manière d'un chirurgien plastique. Même les insectes retiennent leur souffle.

– Tu ne l'ouvres pas ? interroge-t-il, tapotant l'objet entre mes mains humides, collées au papier journal.

Je ne peux pas. Pas dans le couloir. Je n'ai aucune envie d'attirer davantage l'attention. Les premiers élèves sont déjà là, et ouvrir un paquet offert par Merlin est un événement digne de la « une » de la gazette. Bien que ce soit une agréable distraction, je préfère ne pas être dans la ligne de mire des ragots le jour de la rentrée. J'ai la tête ailleurs.

J'ai besoin de calme pour réfléchir à la meilleure façon d'avouer *la chose* à Erika.

– Je l'ouvrirai à la maison.

– Au cas où ce serait atrocement laid, suppose-t-il.

Je réfute d'un mouvement de tête plein d'aplomb. Ce pourrait être un paquet de chips que je trouverais son cadeau formidable, inattendu mais formidable. Je m'apprête à m'expliquer lorsqu'il ajoute :

– En tout cas, c'est vraiment cool de ne pas me briser le cœur en public. Mais si tu trouves ça minable, dis-le-moi, je préfère que tu sois honnête.

À nouveau ses yeux couleur prairie m'inspectent. Il est sérieux et j'en oublierais presque la dorure de Klimt. À cet instant, il ressemble davantage à un tableau de Gustave Courbet, désarmant de sincérité.

– Merde ! J'ai entraînement dans deux minutes, déclare-t-il en observant sa montre. Je ne vois jamais le temps passer avec toi. Tu me diras pour le cadeau, hein ?!

J'acquiesce puis chuchote un « merci » alors qu'il est déjà au bout du couloir, ajustant son sac de sport sur son épaule. Je le guette jusqu'à ce qu'il se retourne, ce qu'il fait à deux reprises. Affectant d'être concentrée sur mon emploi du temps, je dissimule mon sourire grand comme mon envie de le revoir au plus vite, et place son cadeau derrière la pile de nouveaux livres scolaires.

– Qu'est-ce qu'il te voulait, Baldini ? s'enquiert soudain Vanille, un bras sur mon épaule.

– Bonjour à toi aussi, dis-je en m'écartant.

– Tu ne lui as pas raconté pour Dee et les bouquins, au moins ?

– Jamais ! m'offusqué-je, blessée qu'elle doute de moi. Je suis capable de garder un secret.

– Relaxe, je sais que t'es une perle ! Pas comme ton beau-papa, hein ? L'Antéchrist pour les intimes, suggère-t-elle en ricanant.

L'Antéchrist, un jeu de mots qui plaira à Sacha.

Pour une fois que Vanille et moi nous pensons pareil, je ris timidement, jetant tout de même un coup d'œil derrière moi, au cas où M. Smith apparaîtrait avec la fulgurance d'un point de côté. Toujours là où on ne l'attend pas.

– Ne dis surtout pas que tu es désolée ! s'exclame-t-elle comme si elle avait lu dans mes pensées. J'ai eu tes mille et un messages, Schéhérazade. Je ne suis pas en rogne, vu que tu n'as rien à te reprocher. Franchement, c'est toi que je plains.

Me plaindre ? Non. Il ne faut surtout pas s'alarmer. Elle ne peut pas savoir. Elle n'était pas dans la cuisine avec moi. Je dois rester rationnelle.

– Smith a un sens de l'humour hyper salaud ! précise Vanille.

J'acquiesce avec énergie. Elle parle de l'épisode « Lolita », tout va bien. Mes sueurs froides s'évaporent aussi vite qu'elles sont apparues.

– Dis donc, faut que tu me racontes ta baston ! C'est

l'Antéchrist qui t'a amoché la joue avec sa queue fourchue ou Baldini ? Au fait, qu'est-ce qu'il te voulait, déjà ?

Sa perspicacité me vrille l'estomac. Je fais semblant de rire avant de l'abandonner devant sa classe, soulagée de ne la retrouver qu'à midi. Elle aura mis la main sur une proie bien plus intéressante d'ici là.

En attendant, je me rends à mon cours de biologie. Le laboratoire sent le formol et le soufre, juste ce qu'il me faut pour m'évader. Malheureusement, je ne parviens pas à éviter M. Smith toute la journée. Quand il n'occupe pas mon esprit, il occupe les couloirs. Je l'ai croisé quatre fois, et quatre fois il m'a saluée comme si je lui avais offert le ticket gagnant de la loterie, m'obligeant implicitement à faire de même. Quelques élèves m'ont souri avec envie et j'en ai eu la nausée. Personne d'autre que moi ne connaît l'existence du paradoxe Smith : d'un côté, le professeur séduisant, adulé de tous, et de l'autre, le beau-père autoritaire rôdant chez nous une gifle à la main et une humiliation au bord des lèvres. Personne d'autre que moi ne peut donc découvrir lequel des deux est le vrai.

17

Vendredi soir, alors que le soleil vient à peine de s'endormir, notre mère apparaît, haletante, courant à toute vitesse sur le gravier beige devant la maison, les chevilles instables sur ses hauts talons, des dossiers en vrac sous le bras. Je suis tellement surprise de la voir s'agiter de la sorte que, pendant un instant, je pense qu'un accident grave est survenu. Toutefois la voiture ne porte aucune trace de collision.

– Mon Dieu, Phénix, qu'est-ce que tu t'es encore fait ? demande-t-elle.

Je pensais qu'elle ne remarquerait jamais ma plaie. Malgré le ton blasé de sa voix, je suis prête à l'embrasser lorsqu'elle ajoute :

– Tu t'es fait ça en escaladant une fois de plus je ne sais quoi dans les bois. Il serait peut-être temps d'arrêter de jouer aux sauvageons et de te comporter comme une jeune fille, tu ne crois pas ?

Mettre une jupe, des sandales, un chemisier à fleurs, du vernis, faire ma Vanille, en somme. Peu importe si Erika m'agace une fois de plus avec ses histoires de féminité, elle m'offre l'opportunité de lui raconter la vérité sur un plateau d'argent.

– Je ne me suis pas fait ça en escala...

– Tu es allée au lycée comme ça ? m'interrompt-elle.

– Oui, je réponds, déconcertée.

Je n'ai aucun visage de rechange.

– Avec ce pull miteux ? Tu plaisantes, j'espère ? Regarde-moi ce col !

Je n'émets aucun son, trop assommée par sa futilité pour répliquer. Ma mère accorde plus d'importance aux trous dans mon pull qu'à ma joue éraflée. Les portes de la confidence se referment aussitôt. De toute façon, nous ne sommes pas la raison de sa venue. Si elle a failli se tordre la cheville, c'est pour M. Smith, qui l'attend sur le perron, les bras grands ouverts.

Elle se rue sur lui avec la voracité d'une Sacha à la recherche d'un mot dans le dictionnaire, et ils s'embrassent avec une fougue répugnante. On dirait les retrouvailles de deux amants séparés par la guerre dans un très mauvais téléfilm.

– Vous faites plus de bruit que les chutes du Niagara ! commente Cha, les index enfoncés dans les oreilles.

Au rire des tourtereaux, franc et massif, je comprends qu'il me sera difficile d'annoncer à notre mère que mon ancien professeur d'anglais n'est peut-être pas le genre d'homme au côté duquel elle souhaiterait vieillir. Ce n'est pas faute de m'y être préparée pourtant, peaufinant mon plaidoyer avec la rigueur d'un orateur à l'Agora, répétant jour et nuit mon argumentation. Je dois m'y prendre avec subtilité, monter la garde et saisir une autre occasion au plus vite. Seulement, je n'avais pas songé au fait que M. Smith se comporterait comme avant, à l'époque des roses, des gaufres pour le goûter et des imitations du lapin d'Alice.

Absolument charmant, il raconte une foule d'anecdotes à propos de ses nouveaux élèves. Puis il prend soin de nous laisser parler, sans nous interrompre, formulant des commentaires attentifs, contrastant avec son agaçant haussement d'épaules des semaines passées. Je ne reconnais pas l'homme qui m'a giflée. Il est redevenu ce professeur agréable et dévoué que tout le monde adore. L'expression de son visage est à nouveau irrésistible, comme si ses traits s'étaient éclairés, débarrassés du flou d'hier. Il s'intéresse à moi avec spontanéité et chaleur, si bien que je me sens coupable de vouloir le crucifier si vite. Je ne suis plus si sûre de savoir à qui j'ai affaire. M. Smith vient peut-être de traverser une période difficile dont il n'a pas osé nous parler. Si c'est le cas, je comprends. Moi-même, je n'ai pas été des plus faciles à aimer après le départ de papa.

Nous nous sommes tant réjouis ce week-end, tous les quatre, que mon discours s'est brouillé au point qu'il n'en reste que des bribes mal assurées désormais. L'air s'est allégé, pareil à ces cartables d'écolier, vides durant les vacances. Évidemment, la gifle et les reproches quotidiens flânent dans un coin de ma tête. Néanmoins le doute s'est immiscé au fond de ma gorge, bloquant mon argumentation aussi fanée que les pétunias de papa. « Une déprime passagère, rien de plus. Repartons de zéro », me dis-je avec entrain. Si Jessup a besoin d'Erika autant qu'elle a besoin de lui pour être une meilleure personne, je dois leur donner une seconde chance. Je n'aurai pas la bêtise de ruiner leurs efforts.

Je lui pardonnerai.

Sacha et moi entendons à peine toquer à la porte de notre chambre. Il faut dire que Jessup rentre la plupart du temps avec fracas, sans égard pour notre intimité.

Erika apparaît, mais elle attend dans le couloir l'autorisation d'entrer.

– Chaton, peux-tu aider Jessup à démarrer la machine à pop-corn, s'il te plaît ?

Les mots doux sont exceptionnels, trop pour être contestés. Cha s'empresse alors de dévaler les escaliers, hurlant qu'il ne faut surtout pas toucher au bouton bleu. Je referme mon ouvrage de mathématiques et rebouche mon stylo, embarrassée de me retrouver seule avec Erika. « Si quelqu'un s'oppose à cette union, qu'il parle maintenant ou se taise à jamais », pensé-je. Si je ne lui avoue pas maintenant, aucune autre occasion ne se présentera. Je balaie donc une bonne fois pour toutes mes dernières réserves au sujet de Jessup, déterminée à laisser cette famille en paix, à la rendre heureuse, qui sait.

– Il faut qu'on parle, annonce Erika, s'avançant maladroitement sur l'épaisse moquette.

Ma mère est une femme intimidante, peu intimidée. Toutefois elle s'assoit sur le rebord de mon lit, les mains sur ses genoux, plus sage qu'une petite fille modèle, scrutant les alentours avec appréhension. Elle s'humecte les lèvres à plusieurs reprises, me communiquant son stress, différent de celui de Sacha parce que infiniment plus rare.

– Je comprends que la situation soit difficile pour toi, dit-elle, les paupières closes.

Abasourdie, je presse ma calculatrice, contemplant les zéros qui s'alignent comme des danseurs de ballet. Notre mère ne nous a jamais donné de leçon de vie, ni même parlé avec réflexion ou profondeur. Elle s'est toujours contentée du superflu, n'ayant pas été présente pour l'essentiel. Papa s'est chargé de notre véritable éducation, des discussions difficiles du type chagrin d'amour, divorce, deuil et préservatif. « L'intelligence du cœur », résumait-il.

– Une situation difficile… à cause de ton père, de son… son départ…

Elle omet sa part de responsabilité, comme d'habitude. Notre père a peut-être mis les voiles il y a huit mois, mais elle vogue à distance depuis toujours.

Je bascule mes jambes sous le bureau afin de ne plus lui faire face, laissant glisser mes cheveux le long de ma joue, camouflant mon profil et mon oreille. J'espère cruellement la dissuader de poursuivre cette pitoyable tentative de cœur à cœur. S'y prendre si mal et avec autant de retard, c'est insoutenable.

– Mais je ne pense pas qu'il s'agisse d'une raison suffisante pour en faire voir de toutes les couleurs à Jessup, reproche-t-elle, soudain glaciale.

Je la dévisage, bouche ouverte, interloquée. De quoi parle-t-elle ?

Son cou s'allonge et elle prend cet air impérieux qui la caractérise si bien. Intouchable. Moi qui croyais qu'elle souhaitait parler de mes sentiments, des cartes postales ou de la serre, quelle naïveté ! J'ai même envisagé la possibilité qu'elle s'inquiète pour Cha, qu'elle m'interdise de nourrir de faux espoirs au sujet du retour de papa. À peu près tous les scénarios m'ont traversé l'esprit à l'exception de celui-ci.

Lentement, elle se lève et s'approche de moi avec importance, l'air de vouloir me confier les clés du sens de la vie.

– Il m'a raconté que vous vous étiez disputés.

– Disputés ? répété-je, un sombre rictus aux lèvres.

Elle fronce les sourcils, percevant la dérision. À l'évidence, je n'ai pas eu la réaction escomptée.

– Oui, disputés, insiste-t-elle sèchement. Tu crois qu'il ne me raconte pas comment ça se passe ici ? Jessup se fait beaucoup de souci pour toi. Il dit que tu as très mal débuté l'année, que tu lui parles mal, que tu rentres très tard, délaissant complètement Sacha. J'ai remarqué que tu étais plus renfermée, plus… irritable. Mais depuis quand ta petite sœur passe après tes états d'âme ? s'emporte-t-elle, elle-même étourdie par tant de vigueur.

Comment ose-t-elle se permettre de parler de *mes états d'âme* ? Elle me connaît à peine ! Cette stupide question me met hors de moi. Rien ne pourrait me faire plus mal que d'être accusée d'abandonner Sacha. Erika le sait, puisque c'est pile l'endroit où elle a voulu me perforer. En plein cœur.

– Je suis vraiment déçue parce que ce n'est pas comme ça que je t'ai élevée, ajoute-t-elle, navrée.

Raide et inexpressive comme un cadavre, j'essaie de me rappeler le mode d'emploi pour respirer. Les coups, les mensonges, les fausses accusations, la prétendue crise d'adolescence, Sacha… Combien de reproches vais-je devoir encore essuyer ? Je suis furieuse. Ma bouche s'ouvre d'un coup sec, tirée par un fil invisible, libérant une rage trop longtemps contenue.

– Non mais je rêve ! C'est *toi* qui es déçue ? Parce que *toi*, tu penses nous avoir élevées ?

Je n'ai pas le temps de regretter ma tirade, la gifle jaillit. Moins douloureuse que celle de Jessup, elle n'en est que plus difficile à supporter. Ne pouvant soutenir son regard plein de remords, je lui tourne le dos. Cha se tient au milieu du couloir, frissonnante, les mains sur la bouche. Je lui fais signe de déguerpir, cependant elle s'avance, semblable au dernier samouraï sur un champ de bataille dévasté.

– Pour… pourquoi ? interroge-t-elle, les yeux brillants.

Elle ne s'adresse pas à Erika.

– Je l'ai méritée, je lui ai très mal parlé, dis-je d'une voix dont j'ignore la provenance.

Sacha secoue la tête avant de me percuter de plein fouet, son front cognant mes côtes, ses ongles plantés dans mon dos. Je sens sa tête remuer au rythme des « menteuse » qu'elle prononce avec détresse. Évidemment, elle ne croit pas une seule seconde à ma version.

Erika esquisse un pas en arrière, les bras croisés sur la poitrine, nous donnant l'impression de lui faire froid dans le dos. Ou peut-être cherche-t-elle du réconfort.

Si elle prononçait ne serait-ce qu'une phrase, un mot… Si elle demandait des explications, au lieu de me juger si sévèrement, je la prendrais dans mes bras. Je lui dirais que je ne suis pas son ennemie. Qu'elle est notre unique famille désormais, qu'elle se doit de croire en moi, en nous. Si je pouvais faire confiance à Erika, je me comporterais comme une fille envers sa maman. Je lui proposerais de s'asseoir à nouveau, de m'écouter, et elle me croirait. Elle chasserait Smith puis nous nous enlacerions, toutes les trois. Il n'y aurait pas besoin de grandes déclarations, juste le sentiment d'être mère et filles. Sauf qu'en réalité les mensonges d'un autre viennent de m'anéantir, de me reléguer au même rang que les objets de papa. Erika s'empresse de sortir de la chambre comme si la pièce était en feu. Moi non plus, je ne vaux plus la peine d'être sauvée.

Cha s'assoit près de la fenêtre, ce qu'elle fait lorsqu'un problème difficile la tracasse mais qu'elle n'a plus suffisamment d'énergie pour une crise de panique. Elle a pris cette habitude après le départ de papa, comme si toutes les réponses à ses questions allaient miraculeusement éclore à la surface du lac lisse et assoupi.

J'attends l'apparition de la lune au-dessus des hêtres pour interrompre ses réflexions. Je n'allume pas la lumière car la pénombre offre un éclairage apaisant. Je m'empare juste de la lampe de poche sous l'oreiller de Sacha.

– C'est pour effrayer les sorcières que tu as mis ton pyjama à l'envers ?

Elle pouffe de rire et je sens mes muscles se détendre comme lorsque je retire mes rollers, je suis aussi légère qu'une aigrette de pissenlit voletant à quelques centimètres au-dessus du sol. Je l'aide à enfiler son haut à l'endroit, chatouillant son nombril jusqu'à ce qu'elle se roule par terre, m'implorant d'arrêter, des larmes d'excitation au coin des yeux. Pourtant, une fois le calme retrouvé, Cha se replonge dans des réflexions insondables, le regard rivé sur la fenêtre.

– Est-ce que tu veux voir quelque chose d'absolument génial ? proposé-je.

Revenant sur terre, elle hoche la tête, toujours songeuse. Je claque la porte au nez des mauvaises pensées – au propre comme au figuré – avant de m'emparer du papier journal sous mon lit. Elle me rejoint immédiatement, plus captivée qu'une Vanille en chasse. Elle se pelotonne contre ma taille et je l'y cale avec tendresse, car j'ai autant besoin qu'elle d'être consolée. Je veux rêver à autre chose. Son odeur de fleurs des champs m'y aide grandement.

Nous contemplons la boîte en bois de Merlin, faite main, c'est certain, car le couvercle est trop grand et l'ouverture grince à cause des charnières mal fixées. Néanmoins le dessus est joliment sculpté de deux poissons aux nageoires croisées, entourés d'une couronne à la façon des armoiries des familles nobles. Sacha caresse l'objet comme s'il s'agissait d'une créature fabuleuse, ce que j'ai fait moi aussi en découvrant les talents cachés de Merlin.

– La voici, la boîte spéciale pour notre *Eupholus bennetti*, annonce-t-elle, triomphante.

Le coléoptère le plus précieux de notre collection, celui que papa nous a rapporté de Papouasie-Nouvelle-Guinée. Le scarabée au dos d'un bleu éclatant mérite un mausolée rien qu'à lui, et Sacha a raison, la boîte est parfaite.

– Est-ce qu'elle contenait quelque chose ? marmonne-t-elle en bâillant.

Malgré sa fatigue, elle demeure curieuse, et cela me réjouit. Sa bonne humeur revient peu à peu. Je l'embrasse avant de lui glisser entre les mains le petit carnet à spirale originellement inséré dans l'objet.

Je l'ai déjà parcouru quarante-neuf fois.

– *Tous les héros s'appellent Phénix*, lit Cha, un sourire

fatigué aux lèvres, sur la couverture plastifiée à l'aide de scotch.

Je tourne les pages jusqu'à ce qu'elle ronfle, son petit corps endormi reposant contre le mien, comme une méduse.

Pour la cinquantième fois, je contemple la finesse des dessins au stylo comparable à celle des traits d'Anders Nilsen, un illustrateur que papa a toujours qualifié de génie. Noires et précises, les vignettes de la bande dessinée représentent une jeune fille aux cheveux longs semblables aux miens, combattant des mutants difformes et effrayants à coups de regards assassins et de citations glaçantes. Au bout de la huitième lecture, j'ai saisi que Merlin était parvenu à intégrer une citation par page de chacun des livres conseillés par son ami Dee, y compris *Gatsby le Magnifique*. Le calepin étant petit, je peux le transporter dans la poche de mon manteau. Protégé par un sachet de congélation, il ne craint rien. Même s'il s'agit du talisman le moins efficace de la *talismanie*, j'ai du mal à m'en séparer. Il me réconforte.

Avant qu'Erika ne s'en aille, j'ai l'intuition qu'une petite partie d'elle-même aimerait faire plus ou dire quelque chose. Elle se mord le pouce nerveusement, ce qui signifie qu'elle cherche ses mots. Cependant elle ne s'attendrit pas et ne nous embrasse pas. Elle claque la portière et démarre.

Nous regardons la voiture s'enfoncer dans les bois

jusqu'à ce qu'elle ne soit plus qu'un point coloré parmi d'autres à la lisière du lac.

Nous sommes à nouveau seules avec Smith – le parâtre –, qui ne mérite plus ni le titre de beau-père ni celui de monsieur.

18

Le club de théâtre se réunit chez les Baldini tous les mercredis après-midi. J'y accompagne Sacha car je ne souhaite pas rester en tête à tête avec Smith à la maison. Je l'agace rien qu'en étant visible.

Nous rejoignons Ivane et Bertie sur le parking du lycée. Ils fument, adossés à un arbre, tels deux cow-boys dans un vieux western. L'arôme épicé des volutes de fumée m'est familier. Si je ferme les yeux, c'est notre père que je vois, une Kretek entre les doigts, ses fameuses cigarettes brunes aux clous de girofle. Dire qu'il pourrait être ici ! Ses cartes postales m'exaspèrent chaque jour un peu plus.

Merlin, Prudence et Dee nous rejoignent. Enfin nous grimpons dans l'immense van de Berthe qui sent la neige fondue et le plastique. Il y a des papiers froissés et des paquets de gâteaux entamés sur le tableau de bord. Quelques canettes vides roulent à nos pieds. Un tas de miettes de toute sorte infiltrent les rainures des sièges. Une voiture devrait toujours porter les traces de ses aventures passées, comme celle-ci, et non comme l'impeccable hôtel quatre étoiles sur roues appartenant à Smith.

Prudence allume la radio et met le son très fort, « aussi fort que dans les boîtes de nuit ! », hurle Sacha, pour se faire entendre. Les basses retentissent jusque dans mon estomac. La planète accrochée au rétroviseur central se balance au rythme d'un vieux tube de Cat Stevens. Tous chantent à tue-tête. Je connais la chanson mais je ne chante pas. Malgré les coups de coude répétés de Dee, je n'ai pas envie. J'ai l'impression de ne pas faire partie de leur clan. D'avoir des écouteurs sur les oreilles alors qu'une autre musique s'est mise en route. Moins joyeuse, fatiguée. Il y a trop de bruit, trop de vie, trop de joie. Je me sens étrangère. J'ai mal dormi. Je suis épuisée. Vraisemblablement, la mauvaise humeur du parâtre est contagieuse.

Les Baldini habitent à quelques arbres de la scierie, dans une maison pareille à une planche de bois, longue et plate. Mais la vue sur le lac est impressionnante. Elle s'étend si loin que j'aperçois notre maison ridiculement petite, pareille à une caverne troglodyte engloutie par la vaste forêt.

– Quand le ciel est dégagé, on peut vous apercevoir sur votre barque, commente Merlin.

– Tu ne m'as pas dit que ça faisait dix jours que tu ne les avais pas vues ? interroge Dee.

Merlin hoche la tête, les oreilles rouges. Il ne mentait pas quand il disait qu'il m'observait.

– Il fait trop froid en ce moment, justifié-je avant qu'on m'y oblige.

Quand bien même le ciel serait dégagé et les températures clémentes, Merlin ne pourrait pas voir la barque. Smith m'interdit de l'utiliser parce que j'ai oublié de vider le lave-vaisselle ou de faire un exercice de chimie. Sacha, elle, n'a pas le droit d'en faire seule. Heureusement, l'automne est court par ici, et l'hiver viendra bientôt déposer sa couche de glace sur le lac, qui sera impraticable.

– Si les gelées sont costaudes, vous pourrez nous voir faire du patin, suggère Sacha.

Je doute que le parâtre nous autorise à faire quoi que ce soit d'amusant cet hiver, néanmoins je la laisse y croire.

– Avec plaisir ! On pourra même vous rejoindre, n'est-ce pas, Marco ? propose Dee.

– Tout à fait, Polo ! réplique Merlin.

Ils se prennent les mains et miment un couple de patineurs artistiques, pirouettant autour de nous.

– Enfin un sourire ! s'exclame Dee en m'applaudissant.

Nous sommes assis depuis à peine deux minutes devant la cheminée qui crépite et déjà Prudence tend à chacun une tasse de chocolat chaud. J'observe la décoration vieillotte, pleine de meubles centenaires, de napperons et de bibelots qui font de cet intérieur une véritable maison de grand-mère. Toutefois c'est plus chaleureux ici que chez nous. J'aime particulièrement la multitude de plantes mal assorties envahissant leur salon. J'ai l'impression que les pièces ont plus de cœur quand elles sont désordonnées. Peut-être parce qu'en comparaison les aménagements de Smith ont fait de notre logis un lieu terne et sans affection ; un lieu dépourvu de fleurs et de poussière. Un lieu à son image.

Après la première heure de discussion théâtrale, je m'éclipse. Dehors, je joue avec Pan jusqu'à ce que le froid raidisse mes phalanges et que je ne puisse plus lui lancer la balle de tennis.

– Tu vas tomber malade, lance Merlin dans l'embrasure d'une porte-fenêtre qui ne donne pas sur le salon.

Il étend les bras, l'air de dire « si vous voulez bien vous donner la peine ». Les jambes pareilles à des stalagmites, je le rejoins.

Je reconnais sa veste en cuir et son casque de scooter jetés dans un coin de ce qui semble être sa chambre. On croirait un aquarium – étroit, bleuté mais lumineux. Je retire mes bottes, cependant mes pieds humides laissent des traces sur la moquette. Je suis si mal à l'aise. Et le trou dans ma chaussette élimée n'arrange rien. Pourtant, il s'en fiche, trop pressé de retirer ses maillots de bain séchant sur les portes de son placard ouvert. De nombreux jeux de société s'entassent dedans ainsi qu'une foule de carnets à dessin. Cependant mon attention est tournée vers la photo d'un homme d'un blond polaire, le portrait craché de Merlin, quoique plus beau, plus blond et plus âgé.

Serait-ce le fameux *Norvégien* ?

– C'est mon père biologique, Espen Danielsen, le

Norvégien, dit-il comme si j'avais posé la question à voix haute.

Son souffle tiède sur ma joue forme une pellicule invisible semblable aux toiles d'araignée dont on ne parvient pas à se défaire.

– Tu as été adopté ? demandé-je.

– Hum, non, j'aurais préféré.

Sans autre explication, il s'empare du cadre et se laisse glisser par terre, la tête contre son lit.

– Je garde cette photo uniquement pour me rappeler ce que je ne dois jamais devenir, déclare-t-il, la voix fêlée.

Je ne sais pas quoi dire. Je n'attendais pas de confession. Mais ne rien faire serait trop austère. Alors, d'un mouvement vif, presque comme un réflexe, je m'assieds près de lui, à l'écoute. Il ramène ses genoux contre sa poitrine, se racle la gorge et poursuit :

– On vivait à Oslo avec lui à l'époque. On y est restés jusqu'à mes… quatorze ans. T'imagines, pendant tout ce temps il a cogné ma mère.

Je n'imagine pas, non. Comment pourrait-on imaginer que quelqu'un frappe Prudence ? Ce serait comme de concevoir que l'on lève la main sur Sacha. Je frémis. J'ai l'impression de tomber dans le vide. Ahurie, je me raccroche à ce qui me rassure quand je ne maîtrise plus rien : les nombres. La phrase de Merlin compte vingt-sept mots, dont trois temps de pause et cent lettres pile. 100, autrement dit le nombre d'années dans un siècle, le numéro atomique du fermium, un nombre polygonal ou encore la somme des neuf premiers nombres premiers. Cela peut sembler étrange, mais ces observations numéraires me permettent d'absorber sa phrase plus facilement.

Merlin soupire d'un coup bref pareil à un courant d'air balayant mes curieuses pensées.

– Je ne sais pas où j'ai trouvé la force cette nuit-là. Je l'ai poussé sur la route avant d'apercevoir la voiture. Il est mort sur le coup, dit-il un ton plus bas.

Sa dernière phrase pèse lourd. Je la sens dans le silence qui submerge sa chambre. Immédiatement, je pense à cette citation : « La plus précieuse des intimités est de ne pas avoir besoin de parler ». Bien sûr, je la garde pour moi, elle et toutes les phrases évidentes du type « je comprends », « c'est affreux », « je suis profondément désolée ». Je ne peux pas répondre à un tel courage avec les mots de tous les jours, de tous les autres. Il me faudrait inventer un nouveau langage, à la hauteur de la confiance qu'il m'accorde. Hélas, je n'en connais qu'un et Sacha est la seule à le comprendre. Elle pense qu'il s'agit du langage secret des arbres, et que nous pouvons communiquer avec eux. Je n'ai jamais eu la force de lui dire la vérité.

Merlin me guette du coin de l'œil, patient, alors que mon cerveau reste aussi vide qu'un sac plastique dans les airs.

Une araignée se promène entre les fissures du placard. Je me sens encore plus minuscule qu'elle.

– Tu ne dis rien ? Tu as peur ? demande-t-il tristement.

– Non, pas du tout.

Je soutiens son regard afin qu'il saisisse que bien des sentiments me traversent, mais en aucun cas la peur.

– C'était un accident, dis-je avec conviction.

D'un geste malhabile, il pose sa tête contre mon épaule. La position est inconfortable et il me fait un peu mal, pourtant nous resterons ainsi le temps nécessaire. Une éternité s'il le faut.

– Dis voir, Vendredi, maintenant que tu sais, on peut faire comme si je ne t'avais rien dit ? implore-t-il doucement.

– Dit quoi ? chuchoté-je en souriant.

Lentement, il se redresse et dépose un baiser aussi petit qu'un saut de puce sur ma joue. J'ignore pourquoi, dans ma tête, le visage d'Annabelle Frost me nargue méchamment. « J'aurai eu un baiser digne de ce nom, moi », se vante-t-elle.

Merlin me scrute, l'air contrarié, ou peut-être que c'est moi qui suis contrariée.

– Tu veux me dire autre chose ?

– Non. Enfin si. J'ai oublié de te remercier pour les cadeaux. Ils sont très beaux, murmuré-je.

Je dis cela avec froideur alors que je le pense sincèrement.

– Ivane m'a assuré que, lorsqu'on aime une boîte, on la remplit au plus vite, déclare Merlin, espiègle.

Je suis d'accord. De la même manière, on se précipite dehors pour essayer sa nouvelle bicyclette. Ou bien on lit ses comics jusqu'à en connaître certaines pages par cœur.

– Alors ? insiste-t-il.

– On y a mis le plus beau coléoptère de notre collection.

Il éclate de rire et soudain son visage ne porte plus aucune trace de sa confession. Son expression est éclatante et limpide, loin du *Norvégien.*

– Tu me feras voir le scarabée un de ces jours ? demande-t-il, soudain sérieux.

– Si tu veux.

– Je le veux vraiment beaucoup beaucoup.

Il est temps de rentrer.

Prudence emballe trois parts de gâteau aux noix. « Pour votre dessert ce soir », dit-elle. Sacha ne respire plus, captivée par le geste. Cela faisait longtemps que personne n'avait mis quelque chose dans de l'aluminium pour nous.

19

Instinctivement, je regarde l'horloge dans l'entrée. Il est dix-huit heures quarante-neuf. Nous sommes en avance, le parâtre sera satisfait. Nous aurons ainsi sans doute mérité son thé glacé maison, sa récompense favorite du moment. À croire que nous sommes pareilles à des otaries exécutant des pirouettes pour une sardine.

Il est bien loin, le temps des forêts-noires et des sourires spontanés.

– Je rêve ou vous puez la cigarette ? accuse-t-il, soudain face à nous dans le couloir, les bras croisés sur son tablier.

Cha hume son pull et son écharpe puis hausse les épaules en passant devant lui sans le regarder. Il la retient par le bord de son manteau. Je me fige. Je reconnais son poing sur la hanche, son regard comme un portique de sécurité d'aéroport, attendant mon explication qui fera bip à la moindre hésitation.

– C'est normal, Ivane et Berthe ont fumé toute l'après-midi, dis-je le plus naturellement du monde.

Smith fait un pas en arrière, les yeux aussi larges que si je lui avais annoncé la fin du monde.

– Normal ? Tu trouves normal d'avoir dix-sept ans et d'empester la clope ? s'exclame-t-il en ricanant sans humour. Mieux encore, toi, tu trouves normal de laisser une gamine de huit ans dans un fumoir !

Je secoue la tête et bats en retraite puisque je n'ai aucune envie de gâcher cette bonne journée en l'énervant davantage.

– Ta mère t'avait pourtant prévenue qu'Ivane et Bertie étaient toxiques !

Erika n'a jamais rien dit de tel. Elle nous a simplement suggéré de rester loin de la politique et de l'écologie, ce que nous avons fait.

Étrangement, le parâtre nous laisse tranquilles pour cette fois.

Il va de soi que le thé glacé ne sera pas pour ce soir.

Il est à peine vingt heures trente quand il éteint la télévision, une idée derrière la tête. Je reconnais cet éclat menaçant à la lisière de son iris.

– Montez dans votre chambre, j'arrive, ordonne-t-il.

Nous ne cherchons plus à discuter, même si je me demande ce qu'il exigera de nous une fois là-haut. D'habitude, il vérifie nos devoirs plus tôt, toujours dans l'ancien bureau de papa. Peut-être aurons-nous droit à une leçon portant sur les méfaits du tabac chez les jeunes.

Dans les escaliers, Cha singe Smith et son air de

sergent en gloussant. Je me force à faire de même mais les marmonnements d'irritation provenant du salon m'inquiètent. De courtes minutes s'écoulent avant que nous le voyions débarquer sans frapper, les manches relevées tel un garagiste prêt à enfoncer les mains dans le cambouis.

– Il y a deux types de personnes que je déteste pardessus tout : les faibles et les enrôleurs, dit-il.

– Les grands rollers ? interroge Sacha, ébahie.

– Les ENRÔLEURS, comme la grosse Berthe qui se fiche de votre santé et ta sœur qui la suit comme une idiote !

Une tirade de plus contre Bertie. Sacha et moi retournons à nos devoirs en faisant semblant de l'écouter. Sauf que, d'un revers de main, le parâtre envoie valser mon livre d'histoire à l'autre bout de la pièce.

– Allez, hop, inspection ! clame-t-il fièrement. Videz tous vos tiroirs, maintenant !

Sacha éclate de rire. C'est la première fois qu'elle le voit ainsi, pareil à un orage prêt à fendre la terre. Pas moi.

Il l'examine avec une telle froideur que j'en ai des frissons. Comme elle ne s'en aperçoit pas, je lui pince fermement les fesses afin qu'elle cesse de se moquer. Je dois avoir l'air apeurée, vu la rapidité avec laquelle elle cède, sans argumenter. « Pas de crise », la supplié-je tout bas avant de me lever.

– Je ne le répéterai pas deux fois ! s'écrie-t-il violemment.

Je m'exécute.

Il se tient juste derrière moi à mesure que je retire nos vêtements un par un, les dépliant avec soin afin qu'il voie que je n'y cache aucune cigarette. Il passe également ses mains dans les compartiments vides, vérifiant chaque recoin avec la précision d'un démineur.

Sacha n'a pas bougé d'un millimètre sur mon lit. Seule sa bouche ouverte trahit son trouble. Je lui souris.

– Bien, et celui-ci, commande le parâtre d'un geste de la tête.

– Il n'y a que nos sous-vêtements, murmuré-je, embarrassée.

– Et ?

– C'est personnel ! défend Sacha.

Il nettoie ses lunettes à l'aide de son pull, les yeux clos.

– Il n'existe rien de personnel dans une famille. Ouvre !

– Enfin, c'est ridicule, je ne fume pas, protesté-je, souriant nerveusement.

– Phénix, je te jure que si je dois l'ouvrir moi-même ça va mal se passer.

Il parle avec un calme inattendu. Mes muscles se raidissent. Le souvenir de la menace me revient comme un boomerang. Mais il est hors de question que je lui montre nos culottes.

C'est humiliant.

Ses pupilles passent de la commode à mon visage, de plus en plus vite, avec de plus en plus d'insistance. Impatient, il se gratte la tête à la manière d'un chien, la patte derrière l'oreille, exaspéré et enragé. J'entends mon cœur se propulser dans ma poitrine.

– S'il te plaît, Jessup, tu sais bien que je ne fume pas, répété-je doucement.

C'est arrivé trop vite.

J'ai dû fermer les yeux car je n'ai rien vu venir. Tout ce que je sais, c'est que les minutes se sont écoulées avec la lenteur de l'éternité. Les coups ont plu, mais aucun geste de douceur n'est venu tempérer leur brutalité.

À présent, je suis par terre, recroquevillée, le souffle court, avec cette étrange nausée qui carbonise mes entrailles. Je sens mes poumons vrombir, comme un avion sur le point de se crasher. Sacha pleure des insultes. La porte se referme derrière le parâtre – métamorphosé – avec un tel fracas que le cadre au mur renfermant notre *Lucane cerf-volant* tombe et se brise au contact du bureau. Le pauvre scarabée est décapité, les mandibules décollées.

Cha est debout, saine et sauve, me dis-je, rassurée. Mais elle tremble, le visage humide, et elle promène ses mains partout sur moi. Je sens à nouveau mon corps sous ses doigts qui semblent plus acérés que les griffes d'un animal, tranchant la chair endolorie.

– C'est bon, ça va, affirmé-je d'une voix blême, me libérant péniblement de son étreinte.

Je me retiens à la commode instable, cherchant mon équilibre, pliée en deux, les côtes dans un broyeur. La tête ailleurs. La chaise de bureau est renversée, la boîte de Merlin cassée, et quelques livres sont éparpillés à mes pieds.

L'orage réapparaît tout à coup dans la pièce, déchaîné, s'emparant de mon pyjama, de mon oreiller et de mon sac à dos à la vitesse d'un voleur à l'étalage. Je suis paralysée par un million de choses, principalement l'effroi.

– À partir d'aujourd'hui, tu dors dans *ta* chambre ! m'ordonne-t-il, le ton mécanique.

– Non, non et non ! rugit Sacha, saisissant l'oreiller.

Il le lui retire sans peine et sans émotion, lui caresse les cheveux en chuchotant quelque chose du type « Calme-toi, p'tit chat ». Ce qui produit l'effet inverse : une averse d'injures.

Mais je n'écoute plus.

Les bras ballants, hébétée, je les observe comme si je ne les connaissais pas. Et c'est vrai, je ne reconnaîtrais personne en cet instant. Tout m'est étranger. Comme si je n'étais pas certaine d'être moi, Phénix Coton. Comme si cela venait d'arriver à quelqu'un d'autre, dans un film peut-être. Tous ces coups de pied, toute cette violence ; il est impossible que cela se soit passé ainsi. Ici. Sous les yeux de Cha.

Elle retient mon bras tandis que je continue d'avancer. Si je m'arrête, je m'écroule.

J'accompagne cet homme – qui a de nouveau son visage habituel – dans cette chambre qui n'est pas la mienne. Je m'assois sur ce lit, les mains sur ces genoux, contemplant les dizaines de cartes postales épinglées au mur sans tout à fait les voir. La porte se referme et je suis seule, cloîtrée dans un espace-temps différent du réel, où il ne peut plus rien m'arriver. J'entends des voix étouffées puis les déchirants sanglots d'une petite fille qui transpercent les murs, cependant je ne suis pas en mesure de la rejoindre. J'ai trop mal ou trop peur pour faire ou dire quoi que ce soit, ou même penser. Je ne sais plus. Je ne sais plus si je suis vivante.

Quand je m'éveille, je vois le visage de Sacha au-dessus du mien. Un brin de lumière fait scintiller les grains de poussière autour de nous, ceux qui ont résisté aux assauts répétés de l'aspirateur. Je cherche ma table de chevet à ma droite, mais elle a disparu. C'est étrange, car à ma gauche se trouve un guéridon qui n'est pas à sa place habituelle. Je n'ai pas le temps de réfléchir à ces détails car le réveil affiche déjà six heures quinze. Je dois me dépêcher, me dis-je, anxieuse. Seulement, en esquissant un mouvement du buste, je me souviens soudain d'hier, les côtes prisonnières d'un étau d'acier et le cœur à l'envers. Je ne suis pas dans ma chambre et mes douleurs ne sont pas des courbatures. Je n'ai pas fait de cauchemar.

Appuyée sur mes avant-bras, je me traîne hors du lit avec l'aide de Cha. Je n'ai jamais eu aussi mal de toute ma vie. Même ma chute du mur de l'école et mes phalanges sectionnées puis recousues ne m'ont pas fait tant souffrir. J'ai l'impression qu'un millier de vautours dévorent ma cage thoracique.

Sacha me tend un stylo et un papier.

– Tu as plutôt mal par ici ou par là ? dit-elle en pointant les deux extrémités d'un segment allant d'« absence de douleur » à « douleur insupportable ».

Je ris malgré moi ; une sensation de brûlure me perfore l'abdomen. N'importe qui d'autre aurait posé une question directe d'une voix pleine de trémolos. Pas elle, et j'en suis soulagée.

– Je vais bien, lui dis-je en écartant sa feuille et son stylo.

– Menteuse, chuchote Sacha, le ton grave.

– Toi, comment vas-tu ? Tu as pu dormir un peu toute seule ?

– Comme un paresseux ! ment-elle.

Ses paupières gonflées et ses yeux rougis trahissent une nuit dépourvue de sommeil.

– Ne t'en fais pas, je dormirai avec toi dès ce soir. On trouvera quelque chose, lui dis-je, prenant son menton tremblant entre mes doigts.

Elle me regarde et je sais qu'elle n'y croit pas plus que moi.

– Si on appelle maman tout de suite, elle sera là d'ici la fin de la journée, affirme-t-elle, les yeux pleins d'espoir. Elle pourra même venir nous chercher à la place de l'autre.

L'autre secoue mon esprit, désormais lucide. Impossible d'agir selon les dires de Sacha. Il fera passer ce coup de fil pour un autre exemple de ma prétendue crise d'adolescence. Il inventera quelque chose. Il l'a déjà fait à plusieurs reprises, notamment quand j'ai réclamé à Erika la permission de vingt heures pour étudier à la bibliothèque. Il l'a convaincue de me la refuser sous prétexte que je n'emploierais pas ce temps à bon escient, et que Cha subirait ma mauvaise influence. Elle l'a cru. Elle le croit toujours.

Ma parole ne vaut plus rien contre lui.

Peut-être l'a-t-il même déjà appelée. L'autre est aussi sournois que dangereux. Si nous devons prévenir Erika, nous ne le ferons pas par téléphone.

– Nous attendrons son retour, je réponds.

– Mais Phénix, elle revient dans un mois ! D'ici là, tu…

– Promets-moi de ne rien dire à personne d'ici là, la coupé-je.

Elle fait non de la tête, les pieds agités.

– S'il te plaît, Sacha, pour moi !

Elle réfléchit, les yeux sur le lac, puis un minuscule « je promets » filtre à travers ses lèvres closes. Je l'embrasse et lui susurre combien il est nécessaire qu'elle ne se tracasse pas. Les événements d'hier sont passés, ils ne se reproduiront plus. Je me le répète également, peu convaincue.

L'autre ne m'adresse pas la parole. Il ne me regarde pas. Il conduit sans quitter la route des yeux. Je n'existe plus pour lui alors que lui n'a jamais été aussi présent qu'aujourd'hui. Je sens le moindre de ses mouvements, qu'il se gratte le bout du nez ou que ses doigts pianotent sur le volant, cela ne fait aucune différence. Je suis sur mes gardes.

Une fois à l'arrêt sur le parking du lycée, il se retourne. N'ayant pas anticipé son changement de posture, je sursaute. Il s'en aperçoit et s'éloigne un peu, son dos contre le volant qui actionne le klaxon. Cha étrangle un cri, les mains sur la bouche. Quelques personnes se retournent sur la voiture, dont Dee, un sourire aux lèvres auquel je n'ai pas la force de répondre. Le professeur salue ses élèves.

– Votre mère et moi avons décidé que vous n'iriez plus au théâtre. Je me chargerai d'informer Prudence aujourd'hui, déclare-t-il sur le ton d'un journaliste lisant un prompteur.

– Donc tu as *tout* raconté à maman ? ose demander Sacha, sans se soucier du théâtre.

Je pose une main sur son genou remuant, ce qu'elle ne semble pas remarquer, sa colère tout entière dirigée contre l'autre.

– Certaines *choses* doivent rester entre nous, pour le bien de notre famille, précise-t-il, les yeux dans les siens.

Cha déglutit bruyamment, cherchant ma main à tâtons.

– Vous avez bien compris ce que je viens de dire ? interroge-t-il, menaçant.

J'acquiesce, asphyxiée.

– Sacha ?

– Oui, murmure-t-elle.

Les portières s'ouvrent mais le monde tel que nous le connaissons se referme et disparaît.

20

Papa ne m'a jamais autant manqué.

Je suis presque sûre de le réclamer chaque nuit depuis que je dors seule. Du moins, si l'on peut appeler *ça* dormir puisque, sans Cha, je dors peu, et ce peu est envahi de cauchemars.

J'appréhende la nuit presque autant que je redoute l'autre. Je me réveille en sueur aux environs de quatre heures du matin ; une terreur pareille à un poison infecte mon cœur, à deux battements de la crevaison. Incapable de me rendormir, je m'agrippe au souvenir de papa comme à une bouée de sauvetage. Il a promis qu'il nous communiquerait bientôt une adresse à laquelle nous pourrions lui écrire. Sacha m'a fait remarquer qu'il lui suffirait de nous appeler. Elle a raison, néanmoins il ne me reste plus que cet infime espoir. À dire vrai, je préférerais cent fois lui écrire plutôt que parler à Erika. Pour elle, je mens comme je respire. Mais papa me croira et reviendra aussi vite qu'il est parti. Parce que « tu as une dette désormais. Une dette envers ceux de ton nom », a écrit un auteur que nous aimons tous les deux. C'est vrai, il a le devoir de nous écrire, de nous appeler. Il est même absolument nécessaire qu'il le fasse, et qu'il rentre.

À qui pourrais-je raconter le silence du soir, sinon à papa ? Notre mère a choisi son camp, et les cernes de Sacha sont déjà trop profonds. Notre père est le seul qui pourra supporter ce que j'ai à raconter. Il se souvient sans doute combien j'aime m'endormir au son de la voix de Cha, récitant des poèmes. Ce manque lui sera si insupportable qu'il n'aura qu'une envie, le combler. Puis, si je retrouve mon courage, je lui parlerai de mon nouveau lit dans lequel je m'étrangle, comme un poisson hors de l'eau, comptant avec angoisse les heures qui me séparent du matin – et dans un souffle, je lui avouerai que, certains matins, je suis déçue de ne pas m'être dissoute dans la nuit.

Je sais que la situation reste la même. Huit mille cent soixante kilomètres nous séparent de lui. Il n'appelle pas, il n'entend pas et je suis forcée de me taire. Rien n'a changé, et pourtant, tout est différent ici, pour nous. En apparence, il est impossible de saisir le moindre bouleversement parce que l'autre est devenu prudent. Il épargne le visage, de peur que cela se voie. Il me suffit de me changer avec précaution dans les vestiaires du gymnase, d'enfiler de larges pulls et de rester dans l'ombre. Rien d'inaccoutumé.

Nous portons les mêmes vêtements. Les nuages ne sont pas moins délavés. Les feuilles restent mortes. Nos voix sont identiques. Sauf qu'en y regardant de plus près nous nous rendons compte que le vent souffle du mauvais côté, mes hématomes sont sans cesse renouvelés, et nous n'avons jamais eu l'air plus fatiguées. Nous pourrions nous écrouler de sommeil au beau milieu de la cour, les jambes pareilles à du sable. Sacha s'endort souvent dans la voiture au retour de l'école, parfois même à quelques centimètres de son assiette le soir. Moi, c'est différent. Je veille. Une chose est sûre, nous n'avançons plus. Nous déambulons, semblables à deux fantômes, le pas vaporeux, les yeux creux, entre deux mondes, le nôtre et le leur, celui des Baldini, de Vanille, de Dee, des autres.

J'ai essayé de faire comme avant. J'ai résumé à Vanille l'histoire des *Légendes d'automne*, de Jim Harrison, lui conseillant le film avec Julia Ormond afin d'épater Dee. Je me suis expliquée auprès de Bertie au sujet du théâtre. J'ai prétexté des activités extrascolaires en dehors de la ville. J'ai souri à Prudence, répondu aux questions d'Ivane, participé en cours de maths et d'histoire. Cela a duré une semaine et demie. Dix jours durant lesquels j'ai soigneusement évité Merlin. À lui je ne peux pas mentir. Pas après ce qu'il m'a confié.

Lorsqu'il s'approche, singeant une apparition divine, les bras en l'air, la tête au ciel, je ne me lève pas du banc pour me réfugier aux toilettes comme j'en ai pris l'habitude afin de m'isoler. Je me dis qu'il est temps de l'affronter. Je suis décidée à mettre un terme à notre *amitié* – peu importe ce que nous sommes devenus l'un pour l'autre.

Si je ne peux pas lui dire l'important, je ne lui dirai rien du tout.

Je sais d'avance que notre conversation prendra une mauvaise tournure et qu'à la fin il disparaîtra. Sacha appelle cela la « maladie de nos parents », autrement dit l'automatisme du départ, la solution par la fuite. J'ai vu Merlin procéder de cette manière à maintes reprises, surtout avec les filles dont le discours n'allait pas dans son sens. Il perd son sang-froid, cogne dans quelque chose ou quelqu'un, puis se calme à l'infirmerie, dans les bras de Prudence.

Une fois inscrite sur la liste noire de Merlin, je deviendrai invisible.

– Tu m'évites à cause de ce que je t'ai dit ? accuse-t-il sans me saluer.

Non, bien sûr que non, protesté-je mollement.

Je le lui hurlerais si nous ne nous trouvions pas au lycée. Mais il est impossible que j'élève la voix à proximité de la salle des professeurs. Je sens le point rouge du fusil à lunette sur mon front en permanence.

– Pourquoi alors ? Parce que franchement, j'ai beau chercher, je ne comprends pas ce que j'ai fait de mal, insiste-t-il, haussant le ton.

– Pas ici, chuchoté-je.

Il s'assoit sur le banc, soucieux, m'observant à la dérobée. *Pas ici*, cela n'a aucun sens pour lui.

– Où ça alors ? Chez moi ? interroge-t-il en souriant, le visage penché sur moi.

Je m'écarte sans ménagement, le regard glacé et fixe.

– Non, je n'irai nulle part avec toi. Je sors déjà avec quelqu'un.

Aussitôt je regrette d'avoir dit ça.

Nous restons côte à côte tels un proton et son neutron – deux particules aux charges électriques contraires. Au bout de quelques minutes, l'atmosphère devient intolérable. Merlin se propulse le premier hors de l'atome, debout, immense au-dessus de moi qui me sens rapetisser comme un télescope.

– Bon, je vais fumer. À un de ces quatre, conclut-il sans émotion.

La main pressant son petit carnet dans ma poche, je le regarde s'éloigner, comptant ses pas avec minutie. J'ai compté longtemps après qu'il eut disparu de mon champ de vision. Mais les nombres n'avaient plus aucun pouvoir.

Il n'est pas revenu. Ni ce jour-là ni les suivants.

J'étais désespérée, désemparée même, alors j'ai commis l'erreur de me confier à Vanille. Je lui ai fait jurer de ne rien dire mais elle a fait bien pire. Elle a publié à la « une » de la gazette : « PHÉNIX REPOUSSE MERLIN. QUI POURRAIT CONSOLER L'ENCHANTEUR DÉVASTÉ ? » « Au nom du droit à l'information », a-t-elle justifié, pointant la page ouverte sur un cliché de Merlin – les yeux clos, la tête entre les mains – probablement volé après une défaite en compétition de natation. Son air de débâcle n'avait rien à voir avec moi puisque je l'avais vu en très bonne compagnie peu de temps après notre altercation, fous rires en prime. Pourtant une dizaine de mots anonymes et injurieux ont atterri dans mon casier les jours suivants, me reprochant d'avoir brisé le couple mythique Annabelle-Merlin durant l'été. À la suite de quoi, des insultes se sont inscrites au marqueur sur les portes de toutes les toilettes de l'établissement. L'autre en a eu vent, bien entendu, et j'ai souffert.

La situation n'étant pas suffisamment compliquée, c'est lui qui – ce matin – m'aide à effacer les outrages. « Règle numéro un, LA DIS-CRÉ-TION ! » éclate-t-il, certain d'être seul avec moi. « Mais non, même ça, tu n'es pas fichue de le respecter ! » Je ne prête pas attention à l'interminable liste de ses reproches, sachant pertinemment que le pire reste à venir.

Quand enfin je réussis à coincer Vanille, qui m'évite comme une lépreuse depuis une semaine, elle m'explique que personne ne voulait être vu en compagnie de Brutus après qu'il eut assassiné César.

– Je ne suis pas Brutus, je me défends sèchement.

– Non, mais Merlin est plus apprécié que César.

J'observe longuement son reflet dans le miroir. C'est alors que je saisis une expression nouvelle, sans doute celle du patron sur le point de renvoyer un employé infirme.

– Juste le temps que ça se calme, prie-t-elle, un sourire niais aux lèvres.

Elle me repousse au moment même où je viens de

comprendre la nécessité de sa présence à mes côtés. J'ai besoin d'elle plus que jamais.

– Tu plaisantes ? Tu ne vas pas me fuir pour ça ? protesté-je, me rapprochant d'elle.

– Non, je suis super sérieuse, la gazette est dans le collimateur du proviseur avec ton histoire et, vu mes résultats, je dois me tenir à carreau si je ne veux pas finir...

– C'est bon, j'ai saisi.

Ma voix est tout à coup si forte que Vanille s'empourpre, couverte de honte. Il y a de quoi puisqu'elle est l'unique responsable de mon lynchage. Si elle n'avait pas publié ce torchon, je serais parvenue à me faire plus petite que la plus petite particule élémentaire.

Le message est on ne peut plus clair. Elle me saluera brièvement si elle me croise dans les couloirs mais en aucun cas elle ne me soutiendra. Je ne m'y attendais pas, ce qui est d'autant plus pénible à digérer. Surtout, je ne le voulais pas. Elle était mon dernier rempart contre l'autre, mon microscopique acte de résistance. Elle était mon « tu vois, je parle à Vanille même si tu me l'interdis. Je suis intouchable ici ».

– Désolée, dit-elle, haussant les épaules.

– Ça n'a aucune importance. Ne compte plus sur moi pour tes fiches de lecture.

Depuis, je suis seule.

21

On dit que le mois de novembre arrache la dernière feuille. Chez nous, cela fait plus d'un mois que les arbres sont nus. Il fait froid comme seules les petites villes sinistres savent avoir froid, avec leur ciel digne d'une tempête de neige peinte par Turner et leur centre-ville abandonné dès la fermeture de la dernière épicerie.

Cha pense que la nature sait et se venge. Que si novembre ressemble à janvier, c'est en partie la faute au parâtre. Elle interprète les manifestations de la nature comme elle lit les lignes de la main. Papa lui a appris ces charlataneries. Cependant, si les éléments ont cette capacité, je me demande pourquoi la foudre n'a pas frappé l'autre, pourquoi il n'a pas été emporté par un ouragan inexpliqué, un tsunami au bord du lac. Puisque l'Univers est si clément, pourquoi l'autre n'a-t-il pas encore rejoint le Norvégien ?

De toute façon, je ne crois plus en la nature car elle s'est détraquée bien avant Smith. Si baisser le thermostat et souffler quelques gelées précoces sont ses meilleurs moyens d'action, je préfère me cantonner à la science, car une chose est sûre : l'autre ne sera pas évincé par un rhume.

Devant l'école de Sacha, des gangs de bonnets à pompon papillonnent et gloussent. Elle ne joue pas avec eux. Elle ne batifole plus à la sortie. Elle est assise sur le banc d'en face, le regard perdu au bord d'une flaque verglacée qu'elle tapote du bout de ses bottes.

– Les arbres sont si maigres ! lance-t-elle lorsqu'elle m'aperçoit. Tu savais que l'hiver dernier on avait abattu des hectares de forêt à cause de la glace qui avait gelé la sève et fissuré les troncs ? Tu crois que la sève leur tient suffisamment chaud ou qu'ils ont froid comme nous ?

– Tu leur demanderas. En attendant, ils n'ont pas la chance d'avoir une écharpe, alors mets la tienne correctement, s'il te plaît, dis-je gentiment.

Elle esquisse un sourire et passe son bras autour de ma taille, pointant de sa moufle un gigantesque peuplier aux branches cornues.

– Il a l'air encore plus triste que toi, constate-t-elle gravement.

– C'est parce que lui non plus n'a pas eu son bisou de quatre heures trente.

Je préfère plaisanter, car je n'ai aucune envie de gaspiller le précieux temps passé seule avec ma sœur à parler de ce qui nous ronge. Elle pouffe de rire et une attaque de baisers s'abat sur mon visage comme une pluie de météorites.

– Tu sais, je ne suis jamais triste quand je suis avec toi. Jamais, dis-je en la regardant droit dans les yeux.

De cela j'espère qu'elle ne doute pas.

Discrètement, elle resserre son écharpe. J'enfile son cartable par-dessus mon sac à dos et nous nous enfonçons dans la boue du terrain de football afin de rejoindre le parking du lycée.

Sur le chemin, Cha grignote son goûter en examinant l'écorce de chaque arbre mieux qu'un garde forestier.

– Ne vous dépêchez surtout pas ! s'écrie l'autre, garé à trois mètres derrière nous.

Cha renverse sa brique de jus de fruits tandis qu'il fulmine, à présent aussi rouge qu'une feuille d'érable japonais. Je m'empresse d'essuyer le manteau taché de jus de raisin. Salir le cuir de sa voiture est une faute grave.

Il nous fait signe de monter et vite. Nous obéissons. Nous ne réfléchissons plus aux ordres, nous agissons. Nous savons trop bien ce que me vaut un manque de rigueur.

– Votre mère est rentrée plus tôt, nous informe-t-il, irrité.

Il déteste les imprévus à peu près autant qu'il me déteste. Je souris à Cha, toute petite derrière son immense cartable à roulettes qu'elle tient sur ses genoux telle la plus précieuse des armures. Son visage s'illumine car cela signifie un peu de répit.

– Pourquoi tu souris ? lui demande-t-il, les yeux dans le rétroviseur.

– C'est moi, je l'ai fait rire, je réponds du tac au tac.

– Prends-moi pour un con !

Un con, non. Le terme est bien trop loin de la réalité.

Il se met à siffloter au son de la «Valse des fleurs» de Tchaïkovski, ses longs doigts mimant la baguette de direction du chef d'orchestre. Le van de Bertie me revient en mémoire. Écouter Cat Stevens auprès des Baldini... J'échangerais un week-end avec Erika pour passer ne serait-ce qu'une heure en leur compagnie.

L'autre coupe le contact mais ne descend pas. Nous ne bougeons pas non plus.

– Si par un mystérieux hasard votre mère a le moindre doute, j'envoie Phénix en pension et je m'occupe de Sacha, menace-t-il, les yeux fermés comme s'il s'adressait à lui-même.

Cha ouvre la portière sans prévenir et vomit. J'en ai envie moi aussi. Vomir pour lui montrer combien il me répugne. Toutefois je ne le ferais qu'à l'intérieur de sa précieuse voiture, sur ses sièges beiges et son manteau gris d'homme comme il faut.

– Je crois que je suis malade, marmonne Sacha.

Son front est perlé de sueur et ses yeux vitreux. Je l'aide à rejoindre la maison sans rien lui dire. J'ai peur de crier si j'ouvre la bouche. Je ne veux pas l'effrayer davantage. Après l'avoir fait asseoir dans l'entrée en ignorant Erika, je me précipite dehors à nouveau. Il me faut sortir au plus vite afin de ne pas craquer. La pension est à un glissement de langue.

L'autre grommelle quelque chose d'inaudible en me tendant nos affaires.

– *La pension*, tu m'as bien compris ? répète-il, le visage à deux millimètres du mien.

Je hoche la tête, le cou en arrière. Il me bouscule puis s'éloigne. Je serais capable de l'étrangler de mes propres mains. Je pourrais l'attraper par la nuque et serrer de toutes mes forces.

Je ne rentre pas. La maison n'est pas suffisamment vaste pour contenir mon animosité. Je cours jusqu'à la boîte aux lettres comme si j'étais pourchassée. Mon esprit ressemble à une partie ratée de Tetris. Les pensées s'amoncellent en vrac. Les chiffres et les équations ne font plus sens. C'est un désastre, je songe.

Entre les prospectus, je reconnais le timbre du Venezuela sur l'enveloppe vert pomme. J'arrache le papier en ne pensant qu'à l'adresse de papa.

Mon grand et mon petit aster,

La rivière face à laquelle je me trouve me rappelle notre lac en automne. J'espère que vous en prenez soin. L'adresse que je vous ai promise n'est plus qu'à quelques milliers de kilomètres.

En attendant, je vous embrasse toutes les deux du nord de l'est de l'ouest et du sud de mon cœur.

Votre Pa²

La main sur la poitrine de peur que mon cœur ne s'enfuie, je relis. La dernière phrase est d'André Breton, un autre père absent. Lui aussi écrivait des mots à sa fille en espérant qu'elle oublie de lui en vouloir. Je ne sais pas si pour elle cela a fonctionné, mais pour moi, la machine est cassée. Il s'est passé trop de choses. Il n'y a plus aucune issue.

Il me l'aurait fallu aujourd'hui, cette fichue adresse !

Je m'en retourne, frigorifiée et plus sèche qu'une brindille prêtre à se rompre.

Après un verre de lait chaud plein de miel et la lecture de la carte postale, Cha s'endort, ronronnant de sa gorge enrouée. Je reste assise dans la pénombre auprès d'elle, semblable à la veilleuse de mon enfance qui projetait des étoiles au plafond. *« Compte les nuages à quatre pattes / Qui n'ont rien à envier aux mille-pattes / Compte les battements de mon cœur / Compte jusqu'à ce que tu n'aies plus peur. »* Je lui murmure encore et encore notre comptine lorsque la sonnerie du téléphone retentit au rez-de-chaussée. Elle dort trop profondément pour l'entendre. C'est si rare que je ferme la porte derrière moi, la laissant profiter de son sommeil.

Je descends pour épier l'autre au bout du fil. Je m'assieds sur les marches au premier étage, dans l'angle mort, les oreilles en alerte.

Il s'exprime posément.

– Non, comme je vous l'ai déjà dit, elle ne veut pas

vous parler… je suis navré… Merci, vous aussi… à lundi.

Il raccroche et mime un revolver contre sa tempe.

– C'était qui ? interroge Erika.

Je parierais notre plus lourd coléoptère, le *Goliathus goliatus*, qu'il s'agissait de Vanille. Il n'y a qu'elle et moi pour l'excéder à ce point.

– Merlin Baldini, déclare-t-il en roulant des pupilles.

Il prononce ce nom avec tant de mépris que j'ai l'impression d'avoir entendu autre chose. Mais s'il dit vrai, ce dont je doute, j'espère qu'il n'est rien arrivé de grave à ses parents ou à Berthe, car Merlin ne m'aurait jamais téléphoné si ce n'était pas important.

– Je pensais qu'elle ne voyait plus les Baldini, s'étonne Erika.

– Oui, mais je crois que le pauvre gosse n'a pas saisi le message, répond-il, moqueur.

Ils rient, et ce rire entre directement au panthéon des sons les plus laids de l'Histoire.

La seconde d'après, Erika me fait face, souriante. Je n'ai pas le temps d'esquiver. Elle s'assied sur la même marche que moi, seulement nous ne sommes pas dans le même camp. Je me retiens de lui dire qu'elle appartient à l'autre. Nous fixons les échardes le long des plinthes, sans parler. Il y a autant de chaleur entre nous qu'entre deux inconnues assises par hasard côte à côte dans le train.

– Tu as un admirateur, dit-elle.

Je n'ai rien du tout. Nous ne discuterons pas des garçons, surtout pas de Merlin. Nous ne l'avons jamais fait et ne le ferons probablement jamais. En tout cas, aujourd'hui n'est pas le jour des confidences.

– Tu reviens quand ? demandé-je afin de détourner la conversation.

– Je ne suis pas encore partie, remarque-t-elle doucement.

Je ne me laisserai pas persuader par son ton de mère poule. Sa bonne humeur ne fait pas d'elle une personne de confiance. Qui plus est, ses visites sont aussi éphémères qu'un verre d'eau en plein désert.

– Quand ? insisté-je.

– En décembre, finit-elle par dire.

Plus d'un mois sans eau. Juste avec lui. Je feins l'indifférence malgré l'averse d'enclumes qui m'enfoncent plus bas que le noyau de la Terre.

– Si tard ? peiné-je à articuler.

– Nos clients les plus importants se décident toujours à la fin de l'année.

« Mmmh », murmuré-je en me levant.

– Vous allez me manquer, dit-elle, dans l'espoir que je me rassoie.

Je m'immobilise. Je sais combien cet aveu a dû lui coûter, mais il m'en coûte bien plus chaque jour. Elle n'imagine pas à quel point mon armure est solide. Je monte les marches sans me retourner. En toute franchise, elle nous manque uniquement parce que l'autre garde les poings dans ses poches quand elle est là. Rien de plus.

Ses yeux clairs brûlent mon dos jusqu'à ce que je ferme la porte de ma nouvelle chambre. Il y a un fossé entre nous, un fossé immense de trois longs mois passés en enfer. Et tant que l'autre habitera cette fosse, nous ne pourrons rien construire.

Le reste du week-end se déroule lentement et sans heurts. Un acte de plus dans la pièce de théâtre qu'est devenue notre vie.

Sacha – souffrant d'une rhino-pharyngite – passe ses journées à dormir comme si elle souhaitait rattraper les insomnies de ces derniers mois ou anticiper celles à venir. Pendant ce temps, l'autre, Erika et moi regardons la télévision, enveloppés sous une même couverture face au même film ennuyeux. Je me serais volontiers plongée ailleurs, dans des équations compliquées, en surveillant Cha, si le beau-père n'avait pas insisté pour passer l'après-midi avec Erika et moi. « Pour me faire plaisir. Entre grands », a-t-il prié en affichant une moue exagérée. Dès qu'ils ont le dos tourné, j'en profite pour penser à eux avec férocité, imaginant qu'ils disparaissent sous terre, aspirés par une divinité vengeresse, un esprit de la forêt.

Il n'y a pas plus défaillant que ces deux êtres, selon moi.

C'est alors que nous finissons par nous balader dans les bois en parlant de mon avenir à la pension Saint-Joseph. Mon avenir au futur et non au conditionnel.

– À une centaine de kilomètres de la ville se trouve un bâtiment datant du XIXe siècle, un petit bijou de style néogothique abritant des professeurs brillants, à la hauteur de ton intelligence, récite l'autre sur le ton d'un guide touristique.

Je trébuche en entendant « une centaine de kilomètres ».

– Le laboratoire de chimie est impressionnant, renchérit Erika.

Bien sûr, ils l'ont déjà visité.

– Et parle-lui de la bibliothèque ! ajoute-t-il, les pouces levés dans ma direction.

Immense, avec une échelle pour atteindre les livres en hauteur. La collection de DVD, les chambres individuelles, les deux cents hectares de chênes, le programme d'astrophysique, les cours particuliers, tout ce dont je rêve depuis ma naissance se trouve d'après eux à la pension Saint-Joseph. « Tout ce que tu aimes », assure Erika. Sauf que *tout ce que j'aime* est en train de somnoler dans cette maison centenaire au loin, ai-je envie de protester.

Sans Sacha, ils peuvent tout aussi bien m'envoyer au goulag ; je n'y serais pas moins amputée.

L'inscription n'est pas une menace comme nous l'a fait croire l'autre. La pension est aussi réelle qu'une côte cassée. Le dossier a été accepté, mon lit réservé. Il est parvenu à convaincre notre mère de m'y envoyer à la rentrée prochaine. Ils sont tombés d'accord sur le fait que Cha et moi devons nous séparer pour mieux grandir. « Vous vous étouffez mutuellement et ce n'est pas sain », évalue finalement Erika comme si elle parlait d'un régime de légumes. Je me fiche bien de savoir le pourquoi du comment. *J'envoie Phénix en pension et je m'occupe de Sacha* est la seule phrase qui m'importe.

Si je ne suis plus ici, qui protégera ma petite sœur ?

22

« Il ne manquait plus que ça ! » fulmine l'autre en regardant le camion de la scierie à travers les rideaux du salon.

Le chargement de bois est arrivé plus tôt que prévu.

– Nettoie ça, et pas un mot ! m'ordonne-t-il en me pinçant la joue.

Cette fois-ci, il n'a pas pris la peine d'être prudent. Il était trop en colère contre moi. J'avale les marches trois par trois, enfonce deux cotons dans mes narines ensanglantées et enfile un sweat-shirt propre.

Sacha est postée devant la fenêtre, un sourire de veille de Noël aux lèvres. En m'apercevant, elle tressaille et sa bouche se serre, mais elle ne fait aucun commentaire. « Ne rien dire pour ne pas que cela devienne réel », lui ai-je répété sans cesse, tout en lui faisant promettre de fermer les yeux quand c'était trop difficile. Je lui ai appris à feindre l'indifférence, et le moins que l'on puisse dire, c'est que je n'en suis pas fière. Mais s'il n'y a rien à voir, il n'y a rien à cacher.

– Regarde, c'est in-croy-able ! s'exclame-t-elle, les paupières closes.

Je la rejoins, comprenant mieux ce qu'a ressenti William Brazel en découvrant un ovni dans son ranch de Roswell en 1947. Deux soucoupes volantes se dirigent vers la porte d'entrée. Ivane et Merlin.

Je les entends discuter avec l'autre.

– Sacha ! Phénix ! Venez dire bonjour ! hurle-t-il gaiement.

Nous nous dépêchons de descendre.

– J'espère que tu n'es pas venu récupérer ta copie, parce que les filles ne m'ont pas laissé une minute, plaisante-t-il.

Merlin rit, intimidé et poli, jusqu'à ce qu'il m'aperçoive. Tout à coup, il ressemble à ces personnages de dessins animés traînant un nuage noir et orageux au-dessus de leur tête.

– Des revenantes ! s'écrie Ivane, les bras tendus.

Cha se jette dans ses bras de tout son poids. Si l'embrassade se prolonge, j'y mettrai un terme. Ses larmes sont des diables en boîte prêtes à jaillir au moindre éclat de tendresse. Heureusement, je n'ai pas à intervenir. Elle s'écarte d'elle-même, le menton au sol pour ne rien laisser paraître. Je la presse contre moi en saluant Ivane d'un signe de tête. Merlin se contente de lever la main, distant lui aussi.

– Qu'est-ce que tu t'es fait ? s'inquiète soudain l'autre, les sourcils froncés sur mon visage.

Il se fiche de moi. Il vient de m'amocher le nez.

Il tend la main et c'est plus fort que moi, je recule d'un pas. La douleur percute mes sinus plus fort que si j'avais aspiré du gravier par le nez.

– Je saigne juste un peu, je réponds sur le tard.

Lui parler en public est difficile néanmoins à cause des Baldini qui m'observent comme si c'était moi l'imposteur. Je ne parviens pas à me concentrer davantage.

– Est-ce que vous voulez boire ou manger quelque chose de chaud avant d'attaquer ? propose gentiment l'autre.

– Non merci, on aimerait rentrer avant que la neige ait complètement enseveli les routes, répond distraitement Ivane en frottant sa cicatrice, un œil sur mon nez.

Je lui souris. Je me prends à imaginer qu'ensuite ils rejoindront Prudence pour le dîner. Ils mangeront sans commentaires sarcastiques, sans dents qui claquent contre les couverts, sans crainte, « sans l'Antéchrist à leur table », dirait Sacha. Le paradis. Merlin s'apprête à les suivre quand Ivane lui épingle l'épaule d'une poigne de quarterback. Ils échangent quelques paroles, mais leurs voix sont trop basses pour qu'on puisse en capter la fréquence.

L'autre me fait signe de rester à l'intérieur alors que j'ai déjà mon écharpe autour du cou.

Dans le couloir, nous sommes trois statues : Sacha, Merlin et moi.

– Tu peux me montrer votre super beau coléoptère dans sa boîte ? demande-t-il à Cha.

Surexcitée, elle l'entraîne à l'étage.

Il s'immobilise sur le seuil comme si un rondin lui bloquait l'accès de la chambre. Maladroitement, il retire ses bottes de montagne et son large blouson couvert de flocons tout juste fondus, qu'il dépose en vrac dans le couloir. Je m'apprête à les ramasser mais il proteste durement, la main sur mon bras. Je me dégage violemment et ses bottes s'écrasent au sol avec fracas. Je sens des frissons me parcourir jusqu'à ce que je me rappelle que l'autre n'est pas à l'intérieur. Merlin m'inspecte, peut-être à la recherche de l'ancienne Phénix, celle qui ne s'effrayait ni du moindre geste ni du moindre bruit.

– Tu ne peux pas repartir sans avoir vu le scarabée avec les mandibules jaunes que Phénix a trouvé cet été, quand elle te cherchait ! ordonne Sacha. C'est un spécimen de la famille des nécrophores. Ça veut dire qu'ils…

– … enterrent des cadavres pour nourrir leurs bébés. J'ai fait mes petites recherches, coupe-t-il, timide.

Curieusement, il me sourit avec tendresse, s'adossant à la porte fermée, les bras croisés, en attendant que ma sœur ait fini de farfouiller parmi les cloches de verre et les cadres à insectes. Bien qu'il se soit intéressé à ce qui nous passionne, je m'assieds au bureau, dos à lui. Je ne veux pas qu'il se méprenne ; il ne peut pas être ici.

– Tu devrais dormir la nuit, accuse-t-il, tu ressembles à un zombie. Un très joli zombie, cela dit.

Je ne me retourne pas. Il n'y a plus de place pour les compliments en moi. Il n'y a plus de place pour rien.

– Les zombies ne dorment pas, ils sont morts, précise Sacha.

Après avoir débattu des nombreux degrés de mort des zombies, loups-garous et autres êtres surnaturels, Merlin découvre sa boîte cassée. J'ouvre la bouche puis me ravise. Même si j'en ai très envie, il ne faut pas lui demander pardon.

Il me regarde comme on regarde une centaine de cuillères quand on a juste besoin d'un couteau. Je fais mine de ne pas y prêter attention, m'emparant du premier livre qui se matérialise sur le bureau : *Analyse des équations différentielles*. La série de formules mathématiques me permet de faire semblant de n'être plus qu'un ensemble de *x* et de théorèmes – ailleurs.

Le parquet grince à quelques millimètres de mon pied. Malgré mon nez douloureux et bouché, je sens une odeur de chlore.

– Tu vas faire semblant encore longtemps ? lance-t-il d'une voix pleine d'une colère contenue. Tu mens, tu ne sors avec personne, j'ai parlé à Vanille. Si tu savais le courage qu'il m'a fallu pour te…

Il ne poursuit pas sa phrase, coincée quelque part, à l'endroit où toutes les phrases importantes se cachent.

Les lèvres cimentées, je prends une feuille et un stylo. Seuls mes parenthèses zigzagantes et mes *y* tremblotants laissent paraître mon malaise. La main de Merlin ferme soudain mon livre.

Je tressaute.

– Putain, mais c'est quoi, le problème ? s'exclame-t-il, impatient.

Nous y voilà.

– Est-ce que tu parles norvégien ? interroge soudain Sacha, venant à la rescousse.

– De quoi ? Euh… oui, un peu, dit-il d'une voix blême, heurté par la question.

Je reconnais cet air misérable. J'ai le même chaque fois que j'entends des élèves accoler un respectueux « M. Smith » à un superlatif du type « professeur extraordinairement génial ».

– Dis quelque chose, commande Cha.

Je la fixe dans l'espoir qu'elle change de direction. Le *norvégien* n'est pas un sujet aussi futile que mon absence de petit ami.

– S'il te plaît, ajoute-t-elle, croyant avoir manqué de politesse.

Perturbé, Merlin se masse le menton. Lui qui parviendrait à charmer une chaise reste coi. Sacha en profite pour le faire asseoir sur son lit puis l'étreint sans prévenir. Elle est assez futée pour comprendre que le sujet déterré n'aurait pas dû l'être. Il la serre davantage, le visage enfoui dans ses boucles.

Je m'aperçois que nous sommes pareils tous les trois. Nous portons quelque chose de mort au fond de nous, que rien ni personne ne ramènera jamais à la vie.

Je décide d'intervenir.

D'habitude, Cha et moi imitons les accents espagnol et suédois, toutefois le norvégien ne doit pas être plus complexe à inventer.

– Tu pourrais lui parler norvégien, suggéré-je.

Merlin me sourit comme si j'étais la solution à un problème compliqué. J'avais oublié à quel point j'étais attachée à lui.

Je détourne le regard. J'ai passé des mois à l'admirer en secret dans l'espoir qu'un jour il se retrouve dans ma chambre à sourire ainsi ; heureux et sur le point de m'embrasser. J'ai imaginé cette scène des milliers de fois, contemplant le bout de ses doigts fripés par l'eau, me demandant si on pouvait sentir les heures de natation en les effleurant. Je n'aurais jamais pensé vouloir le mettre à la porte au plus vite, incapable de poser les yeux sur lui. Néanmoins, s'il reste plus longtemps, je vais commettre une erreur. J'ai la vérité à l'entrée de l'épiglotte depuis plusieurs jours, j'éprouve le désir intense de tout dire, peu importe à qui. *Peu importe à qui* ne peut pas être à Merlin.

– *Graïtufluctu Daïlikilu ? Flaïglutu ?* propose Sacha en gloussant.

Il explose de rire, et ça sonne comme une fête foraine au beau milieu d'un cimetière.

– *Jeg tror jeg elsker deg,* prononce-t-il soudain avec une douceur infinie. Sa voix est différente et les sons paraissent biscornus. Il se moque peut-être de nous, inventant à son tour. Mais quelque chose dans la tristesse de son regard me dit que cette phrase possède une signification particulière.

– Qu'est-ce que ça signifie ? demande Sacha, tenant toujours étroitement Merlin entre ses bras.

– Vous chercherez, répond-il d'une voix proche du chuchotement.

Un long sifflement se fait entendre au-dehors, différent de celui du parâtre qui est plus perçant qu'une corne de brume.

– Je dois y aller, conclut-il, le ton gris.

Le signal d'Ivane, donc.

Nous l'accompagnons jusque dans l'entrée sans dire un mot. Il dépose un baiser sur le front de Cha qui lui somme d'embrasser Prudence de notre part.

– Et toi, dis-moi bonjour au lycée, au moins le vendredi, m'implore-t-il.

Je tourne la tête vers la cheminée qui crépite, les yeux clos. Quand je les rouvre, la porte est fermée et le camion des Baldini fait vrombir les fenêtres.

Je bats des paupières, m'habituant au vide avec difficulté.

– Quand tu auras fini de rêver, tu m'aideras à ranger correctement le bois, me lance l'autre. Le borgne est un incapable !

J'acquiesce, l'esprit à nouveau aux aguets.

En effet, je rêvais. Je rêvais de Merlin et d'Ivane, de notre vie d'avant, des milliers de sentiments qui se bousculaient en moi en leur compagnie. Mais je ne peux pas. Pour notre bien et le leur, je refuse que l'autre ternisse davantage les Baldini. Nous avons besoin de les savoir à l'abri, invincibles. Il est de mon devoir de nous éloigner d'eux, afin de conserver leur tendresse intacte au plus profond de nous.

23

Je me dépêche de décrocher le combiné au cas où il s'agirait à nouveau de l'autre. Il se trouve à une réunion à propos d'une sortie scolaire qu'il n'est pas parvenu à éviter. Il téléphone toutes les demi-heures pour vérifier si nous ne nous sommes pas sauvées. Or il nous serait impossible de nous rendre où que ce soit en moins de trente minutes. Il y a plus de cinquante centimètres de glace sous l'épais tapis poudreux. On ne distingue plus la terre du lac, comme si le monde n'était plus qu'un désert arctique. La neige ne cesse de tomber par couches épaisses et crémeuses pareilles à un millefeuille. Hors de question de s'y aventurer. Sacha s'y enfouirait à en perdre sa trace et la mienne.

Nous sommes affalées sur le canapé, contemplant les bûches qui se font avaler par le feu.

À mon grand étonnement, ce n'est pas lui. J'entends une voix de femme à l'accent britannique. Un certain Dr Gould, de l'hôpital de Brighton, souhaite parler à M. Jessup Smith. Elle s'adresse à moi avec douceur, me demande si je suis sa grande fille, et, sans me laisser le temps de répondre, elle ajoute que son appel est de la plus haute importance. Le combiné me glisse des mains tant elles sont moites. Si je raccroche maintenant, l'autre l'apprendra et il sera d'humeur massacrante. Si je décide d'être messagère, quelle que soit l'information, je devrai lui faire face et lui répéter les mots intimes que s'apprête à me confier ce médecin. Dans les deux cas, la guerre est déclarée. Elle me presse, alors j'accepte. Elle m'annonce que mon « grand-père », Jeremiah Smith, a été admis pour une grave hémorragie causée par une cirrhose du foie. Il se trouve actuellement en réanimation dans un état critique. Je dois insister sur le *critique*. Enfin, elle me somme de prévenir « mon père » sitôt notre conversation terminée. J'acquiesce puis je note son numéro de portable sur mon bras avant de raccrocher.

Je suis stupéfaite de constater que le probable décès d'un proche de l'autre ne m'attriste absolument pas. J'ai dressé des remparts si hauts entre le monde et moi que plus aucun sentiment ne peut m'atteindre. Je suis insensible.

– La cirrhose est une maladie chronique du foie, récite Sacha, se rappelant une définition de mémoire. C'est la maladie des alcooliques. Tu crois que son père l'est ?

– Je ne sais pas.

– Tu crois que c'est pour ça qu'on ne l'a jamais vu boire ?

– Je ne sais pas, Cha, dis-je avec lassitude.

Malgré mon silence, elle continue à parler de cet étrange coup de fil, dissipant certaines zones de brouillard entourant Smith – l'homme d'avant les coups, celui qui méritait encore un nom. Jeremiah Smith expliquerait notamment le mystère autour de leur famille, l'absence de photos, de souvenirs et le refus de nous parler de près ou de loin de l'Angleterre. Il justifierait les vacances passées à Brighton, l'enfance stricte et difficile, le sacrifice des études de médecine, et sa haine profonde des hôpitaux.

– Tout ce que nous savons, c'est que son père est mourant, conclus-je.

– Tu as raison, rien ne justifie ce qu'il te fait, affirme-t-elle.

J'acquiesce sans un mot. Parler de notre *situation* a toujours l'effet d'un électrochoc.

Je tente de joindre l'autre, en vain.

Cha me propose de lui laisser un message ou un mot sur son bureau pour ne pas avoir à lui raconter. Mais sa réaction serait bien pire. Bien qu'elle insiste pour rester, je ne cède pas. Je ne cède plus. Je préfère l'attendre, assise dans la cuisine, après m'être assurée que ma sœur s'est endormie.

– Pourquoi est-ce que c'est toi qui dois tout endurer toute seule ? me demande-t-elle, attristée.

J'éteins la lumière comme si c'était plus simple de lui

répondre dans l'obscurité, sans parvenir à distinguer son expression.

– Parce que je le peux, dis-je gravement.

– Moi j'en ai assez que tu sois un héros ! éclate-t-elle, en pleurs. Il faut qu'on en parle à quelqu'un, Phénix. À Ivane ou à Prudence. Elle est infirmière, elle saura ce qu'il faut faire.

J'essuie ses larmes de fureur, lui caressant la joue, sans même envisager sa solution, car je n'ai plus une poussière de courage en moi. Je ne suis pas un héros. Je ne l'ai jamais été.

Notre unique solution serait de nous enfuir. Mais quand on n'a nulle part où aller, où peut-on se réfugier ?

L'important n'est pas là. Quatre crises en à peine deux jours. Elles sont de plus en plus nombreuses et leur puissance augmente dangereusement. Elles ont une cause plus sérieuse que la mort d'un oisillon. Ce sont des crises de colère, désormais. C'est d'autant plus préoccupant que les théories scientifiques n'ont plus aucun effet sur Sacha. Elle est devenue imperméable à Einstein, Galilée et tant d'autres.

Malgré mes efforts, Cha bouillonne au point que certains soirs je ne la reconnais pas. Son regard se charge d'une révolte à faire déguerpir un régiment armé. J'ai peur qu'un jour la digue ne cède et qu'un torrent ne s'échappe, au mauvais moment, au mauvais endroit.

– Si tu dois le dire à quelqu'un, dis-le à Pan ou aux arbres, chuchoté-je gentiment.

– Autant le dire à Erika, tu sais très bien que ça ne compte pas ! Je veux le dire à quelqu'un qui nous croira, qui fera quelque chose ! lâche-t-elle.

Un soupir affectueux m'échappe. Je n'ai plus le cœur à débattre.

Le silence tombe.

Cha se couvre soudain la tête. J'embrasse ses cheveux dépassant de la couette et lui dis : « Ne m'en veux pas demain, s'il te plaît, parce que je t'aimerai toujours plus qu'un jour de plus. » Je ne peux rien faire d'autre.

24

Le lendemain soir, l'autre a rejoint l'aéroport pour se rendre en Angleterre au chevet de son père. Auparavant, il a pris soin de me laisser des souvenirs sur lesquels j'ai mis de la glace tout le week-end. Il a également prévenu Erika, qui ne peut pas revenir nous « surveiller » à cause d'un difficile contrat à négocier.

Cela fait trois jours que Cha et moi sommes seules et que la tache de couleur prune sous mon œil attire les regards des lycéens, comme si j'étais déguisée.

Je marche tête basse, le bonnet enfoncé jusqu'aux sourcils, quand une masse me percute violemment l'épaule. Une douleur se réveille. Il est rentré tôt. Les yeux fermés et la gorge rétrécie, j'attends que l'autre siffle une insulte.

– Toi, dit alors Merlin, ravi.

Je le contemple un instant, ne sachant quoi faire. Il me sourit, l'air amusé. Je poursuis mon chemin à toute allure. Il est seize heures trente-deux, soit deux minutes de trop.

À présent, j'ai une horloge à la place du cerveau, un tic-tac constant, oppressant. Si l'autre n'est pas ici, il m'attend peut-être à la sortie ou dans la cuisine, comptant les minutes qui nous séparent des châtiments.

– T'es pressée ? demande Merlin, me suivant à grandes enjambées.

– Oui.

– Si vous devez prendre le bus parce que m'sieur Smith n'est pas là, ma mère peut vous ramener, propose-t-il. Elle finit dans un quart d'heure.

Ce « m'sieur Smith » me perce les tympans malgré le ton plein d'affection et l'obstination de Merlin.

– Non merci, je réponds, impassible.

Il sourit puis m'escorte dehors, relevant le col de son blouson pour se protéger de la brise assassine. J'ai l'impression qu'il ne s'en ira pas avant d'avoir atteint l'école de Cha.

– Tu ne veux pas parce que je ne fais pas partie de ton gang ? lance-t-il en pointant mon œil de son index.

– De quoi ?

– Ton coquard. Ce n'est pas le premier, constate-t-il, préoccupé. Si tu ne fais pas partie d'un gang, j'ai raison de m'inquiéter, non ?

Je ne réagis pas alors il n'insiste pas. Toutefois, sous mes couches de pulls en laine, ses soupçons font vibrer les parois de mon cœur de pierre. J'ai conscience qu'au lieu de me sentir épaulée je devrais plutôt m'affoler d'un Merlin en quête de vérité. Pourtant le seul fait de savoir qu'il se soucie encore de l'état de ma figure me donne une telle impression de douceur que l'atmosphère semble différente, comme si je me trouvais tout à coup sous l'ombre d'un saule pleureur durant une chaude journée d'été.

Merlin peine à marcher sur les plaques de verglas parsemant la route pentue. Il dérape à chaque pas, si bien que je me trouve obligée de le retenir, une main constamment en alerte dans son dos. Des garçons vêtus de parkas aux couleurs du club de natation du lycée nous sifflent bêtement lorsque mes doigts rencontrent les siens.

– Tu devrais t'acheter une vraie paire de bottes de montagne, suggéré-je. Avec des crampons.

Il écarquille les yeux, et son sourire est si gigantesque que j'ai l'impression d'être un miracle, une muette ayant retrouvé la voix.

– Vous me manquez tellement, dit-il de but en blanc, les jambes encore chancelantes.

Le nuage de buée s'échappant de sa bouche me semble bien maigre comparé à la vigueur de ces quatre mots. Je m'écarte de lui. J'ai le sentiment de ne faire que ça, m'éloigner. À force de m'éloigner, je vais finir par disparaître.

– *Tu* me manques, précise-t-il, face à moi.

Lui aussi me manque, néanmoins tout me manque depuis un moment, comme si Cha et moi habitions un pays lointain, un pays dont la frontière nous séparant des gens que nous aimons – y compris Merlin – reste impénétrable.

– Le bus va arriver, dis-je.

Il est déjà seize heures quarante. Que fait Sacha ? Le bus sera là à cinquante. Merlin sort une cigarette de sa poche puis s'adosse au même arbre que moi.

– Je peux t'aider, tu sais. Quoi qu'il se passe, tu peux compter sur moi, assure-t-il. Tu n'as pas besoin de m'expliquer.

Il ne plaisante pas. Je le vois à ses pupilles fixes, comme deux petits merles figés dans la neige. Je sens les larmes traverser mes cils.

– Oh, Merlin ! s'écrie Cha au bon moment. Je suis contente de te voir ! On pensait à toi ce matin, pas vrai, Phénix ?

Malheureusement, il est déjà quarante-huit, il n'est plus l'heure de nous souvenir des jolies choses.

– Nous ne devons pas être en retard, dis-je en traînant Sacha à bout de bras.

Merlin attend que nous soyons assises dans le bus pour remonter la côte en vacillant. J'ai une envie folle de le rattraper, cependant je n'en ai pas le droit.

Je pensais naïvement que le départ de l'autre nous offrirait un peu de paix, mais je me suis trompée. Nous ignorons quand il sera de retour, car il a refusé de nous le dire et nous n'osons pas demander à Erika. Par conséquent, nous sommes sur nos gardes. Nous rentrons immédiatement après les cours de peur qu'il ne nous attende à l'arrêt de bus, non loin de la maison. Nous faisons nos devoirs avec minutie, redoublant d'attention, n'oubliant pas même une virgule. Nous faisons les courses avec sa liste marquée au fer rouge dans nos crânes. Nous craignons qu'il ne vérifie les poubelles ou ne suspecte une odeur inhabituelle. « Dans un film d'horreur, on meurt parce qu'on sous-estime la monstruosité des monstres », a dit Cha en reposant un paquet de chewing-gums à la cannelle sur le comptoir, à la caisse.

Le plus triste est de voir Sacha rejoindre sa chambre, seule, alors que nous nous étions fait une joie de dormir ensemble comme avant. Je pensais pouvoir faire oublier à ma sœur ce qui nous divise en partageant à nouveau des moments heureux. Mais l'autre a imprégné les coins et recoins de notre existence, comme un spectre. Il rôde et c'est deux fois plus inquiétant que de le sentir en chair et en os dans la pièce.

La peur est si vaste qu'il nous arrive de voir son ombre dans celle d'un vêtement mal accroché à un cintre. Avoir peur d'une ombre, je ne connais rien de plus pitoyable.

25

Aujourd'hui, Sacha refuse de m'accompagner à la serre. « Pour ce qu'il reste de fleurs », me dit-elle, sans égard pour notre *Miltonia* rouge sang. Elle n'a pas tort. Seules deux orchidées tentent de survivre à l'hiver. Les autres plantes sont mortes de froid il y a trois semaines de cela. Toutefois, ces deux-là nous ressemblent trop pour que je les abandonne au givre ; suspendues à une tige fêlée, les pétales dans le vide, elles ont le même air de naufragées. Alors je prends soin des huit pétales comme si notre vie en dépendait. Je ressemble à Elliott, le petit garçon étrangement lié à E.T. l'extraterrestre : l'un souffre lorsque l'autre est menacé.

Je me demande ce qui nous arrivera le jour où la serre ne sera plus qu'une nécropole.

Je ne m'attarde pas car le vent souffle si fort qu'il mord les os. Les bourrasques transportent le brouillard, plus solide qu'un bloc d'iridium, si bien que je n'aperçois même plus la maison au bout du jardin. Je m'empresse de choisir quatre bûches imposantes quand tout à coup j'entends Cha hurler. Dans ma course je lâche le bois, trébuche sur des plaques de verglas comme sur la banquise, enfonçant mes bottes dans la masse de neige entourant le porche.

À l'intérieur, ma sœur sautille, survoltée. Je retire mon manteau comme si cela pouvait m'aider à respirer.

– Tu es folle ! crié-je, essoufflée. Tu sais ce que j'ai cru ?

– Il nous a envoyé un mail ! hurle-t-elle en se jetant sur moi.

Je n'ai pas le temps de comprendre. Elle m'arrache la main, me tirant jusqu'au salon.

L'écran d'ordinateur affiche notre boîte de réception :

From : isidorcoton@gmail.com
Subject : C'est papa !
Date : Tue, 21 Dec 2012, 02 :38 :57
To : phenix&sacha@gmail.com

Mon grand et mon petit coléoptère,

Voici mon adresse : isidorcoton@gmail.com

Je ne quitterai pas le village de Celestun tant que je n'aurai pas eu de vos nouvelles.

Écrivez-moi tout ce que j'ai manqué !

Votre Pa^2

P.-S. : J'ai attrapé un *Lycaenidae* azuré de la couleur de tes yeux, mon Phénix. J'espère vous l'offrir bientôt.

Je m'effondre sur la chaise et relis le message. C'est ce qu'on appelle un coup de théâtre. Sacha s'empare de la souris et clique sur le bouton « répondre », trépignant d'impatience.

– Qu'est-ce que tu fais ?

– À ton avis ? dit-elle en gloussant.

– Qu'est-ce que tu vas lui écrire ?

– Tout, déclare-t-elle distraitement, les doigts sur le clavier.

Je la pousse d'un mouvement de l'épaule puis ferme les fenêtres en trois clics.

– Il a mis près d'un an et demi à nous demander de nos nouvelles. Il peut bien attendre une nuit.

En vérité, cela m'est bien égal qu'on lui écrive aujourd'hui ou demain. J'ai des banalités plein les poches à lui raconter, comme tout le monde. Quant à Cha, elle possède certainement autant d'anecdotes que de mémoire. Mais je refuse que notre père estime avoir un droit sur nos confidences. Il l'a perdu le jour où il nous a oubliées sur le ponton, comme on laisse un bagage à la consigne. Sauf que le bagage, lui, est chanceux. On vient le chercher une heure, trois heures, même soixante-douze heures après s'être promené les mains vides. On attend rarement plus d'un an avant de se rappeler qu'on est anormalement léger. On ne s'inquiète pas de son état seize mois trop tard, lorsqu'il est abîmé, broyé.

Sacha avait raison, « un père absent n'est pas un papa ».

– Moi je veux lui écrire ! lance-t-elle avec vigueur. Tu ne peux pas me l'interdire.

Nous nous affrontons du regard, les doigts sur le clavier. Brusquement, je m'écarte. Que nous arrive-t-il ? Nous ne sommes pas des rivales. Évidemment qu'elle a le droit d'écrire à papa. Si ça lui fait plaisir.

– Tu fais juste attention de ne pas tout lui écrire, d'accord ? lui rappelé-je gentiment.

– Oui, j'avais compris, m'assure-t-elle en me tapotant la tête.

J'aimerais le lui faire promettre, mais je ne veux pas que l'on se fâche. Si elle a compris, je n'ai pas à douter d'elle.

– Tu veux que je reste pour éteindre les lumières ?

– Mais non, je n'ai plus peur ! clame-t-elle fièrement.

Son ton est plein d'une force que je serais bien en peine de trouver au fond de moi. Peut-être que ma bravoure est en voie de disparition, que l'autre est parvenu à l'étouffer une bonne fois pour toutes.

Cha m'embrasse et me presse contre elle. Je n'ai pas été tendre avec elle. Je glisse mes doigts dans ses boucles et colle mon front contre le sien. Sa respiration est tiède sur mon nez.

– Sens comme je t'aime ! lance-t-elle en riant, la bouche grande ouverte, soufflant sur mon visage.

Comment vais-je pouvoir survivre sans elle, en pension ?

– Ne t'inquiète pas, si j'entends la voiture, je t'appelle, m'assure-t-elle.

Puis elle me fait signe de monter.

On dirait que les rôles se sont inversés, que c'est à elle de me réconforter à présent. Que la voiture dont elle parle n'est pas celle de l'autre, mais la camionnette rose du glacier en été.

Comme une petite fille, je monte finir mes devoirs, laissant Sacha régler des affaires d'adulte au salon.

26

Un bruit résonne dans la maison. Peut-être l'écho lointain d'une sirène. Non, plutôt celui d'un réveil, de plus en plus proche. Mes yeux s'ouvrent et se posent sur le mien, qui affiche six heures dix. On est samedi matin. Il n'y a aucune raison pour que le réveil soit enclenché.

Soudain, j'identifie la sonnerie du téléphone. Le corps ensommeillé, je dévale les escaliers et saisis le combiné.

– Allô, dis-je d'une voix qui se veut alerte.

– Phénix ?

Il est de ces moments où la gravité n'a plus de centre, les pieds quittent le sol et l'oxygène vient à manquer.

Je n'ai pas besoin de fouiller ma mémoire.

– Papa ? murmuré-je, le souffle court.

– Je te réveille, mon Phénix. Tu as la voix des zombies de la Muchacha.

Il rit et j'éloigne le téléphone de mon oreille, les yeux fermés pour empêcher les larmes de couler. Quand je les rouvre, la Muchacha est justement debout au milieu du salon, les mains sur la bouche.

Que lui a-t-elle écrit pour qu'il appelle si tôt, si vite ?

– Tu es là ? Je ne t'entends plus, s'inquiète-t-il.

Suis-je là ?

Je hoche la tête avant d'émettre un son pareil au râle d'un animal blessé.

– Écoute-moi, mon scarabée. Je sais que je suis la dernière personne à qui tu as envie de parler. Je n'ai pas de leçon à te donner. Tu t'en es sortie mieux qu'un Massaï. Mais ça suffit, OK ? T'en as fait assez pour une vie, moucheron. Alors tu vas faire ce que je te dis sans réfléchir : tu appelles Ivane sitôt que tu auras raccroché. Tu lui dis de venir te chercher, que c'est urgent, qu'il y a le feu, un loup, n'importe ! S'il ne répond pas, je veux que vous dégagiez au plus vite de la maison ! Tu m'entends ? Vous allez chez Berthe, chez la boulangère, chez qui tu veux. Vous DÉ-GA-GEZ !

Je ne peux pas. J'y ai déjà songé.

La peur et le stress inondent mes veines comme du venin.

– Et… et après ? bafouillé-je.

– Après, je serai probablement déjà arrivé.

« Je ne parle pas de ça ! » ai-je envie de hurler. Je parle de la colère de l'autre. Qui sait de quoi il est capable ? Et s'il se sauve comme un lâche, nous vivrons à tout jamais dans la crainte qu'il nous retrouve. Il y a une faille dans chaque plan de sauvetage. Contrairement à papa, j'ai eu le temps de ruminer, échec après échec.

– Tu n'as pas le choix, Phénix, tu…

D'un coup, je bloque les mots de papa d'une main sur le combiné. Des pneus crissent sur la route. Aucun chauffeur égaré ne s'arrête par ici.

– Il est là, chuchoté-je comme si l'autre pouvait m'entendre.

– Donne-moi le numéro d'Ivane ! ordonne papa avec fougue.

Je tire Sacha par la manche de son pyjama et grimpe les marches deux à deux, l'obligeant à suivre mon rythme effréné.

Dans la boîte de Merlin, je retrouve la carte de visite et dicte les chiffres à papa sans bredouiller.

– C'est bientôt fini, promet notre père avant de raccrocher.

Je repose le téléphone à toute vitesse.

Cha frissonne sur le seuil de sa chambre, les orteils bleuis par le froid et la vue brouillée par les larmes. Je voudrais lui dire que je lui pardonne, que c'est mieux ainsi, qu'elle a bien fait, n'importe quoi pourvu qu'elle ne me regarde pas comme si nous allions bientôt mourir. Seulement je n'ai pas le temps. « Qu'est-ce que tu attends ? Mets des chaussettes et va vite te coucher ! » dis-je vivement.

Le moteur de la voiture est déjà coupé.

Effleurant à peine l'oreiller, je guette les murmures du plancher. Les clés s'enfoncent dans les serrures, un sac s'écrase au sol, des chaussures couinent dans le couloir.

Une fois le manteau dézippé, j'entends la cafetière toussoter la vapeur d'eau. Je n'ose pas avaler ma salive, encore moins ressasser le coup de fil de papa, de peur de manquer un son important.

Il monte les escaliers puis pose sa tasse sur la table de chevet, remet ses affaires de toilette dans la salle de bains, ouvre puis referme la penderie.

J'ai appris à me familiariser avec les bruits de l'autre.

Après le fracas de tiroirs claqués, le silence des horloges qui tic-taquent s'abat sur la maison. Sacha tousse de temps à autre. Le vent s'engouffre dans les conduits, sifflant comme une cocotte-minute.

Le temps s'écoule et s'étire, semblable à un ruban de Möbius dont on ne perçoit ni le commencement ni la fin.

Cha me secoue comme si j'étais un globe rempli de neige.

– Réveille-toi, Ivane et Prudence viennent de sonner, chuchote-t-elle.

Comment ai-je pu m'assoupir ?

Je me lève et m'habille calmement. J'évite de poser les pieds sur les lattes de parquet qui grincent et, surtout, je me tais. Par la fenêtre, j'observe l'obscurité qui n'a pas encore quitté le ciel d'un bleu de Prusse. Je regarde l'horloge qui affiche sept heures. Les nombres, pensé-je, concentre-toi sur les nombres. J'agis de façon rationnelle parce que, si je me laisse emporter par les sentiments, Cha se mettra en tête que c'est terminé. Et quand nous refermerons la porte sur l'espoir, elle sera inconsolable.

Nous descendons les escaliers lentement, avant de nous immobiliser sur la dernière marche, face à la porte d'entrée. Les Baldini ont le visage grave sous l'éclairage du porche. De larges ombres rongent le haut de leur figure jusqu'à la lèvre supérieure, comme des peintures de guerre. Pourtant ils sont beaux tous les deux, d'une beauté si pure qu'elle me gonfle le cœur.

– Qu'est-ce qui nous vaut cette visite matinale ? interroge l'autre, troublé.

Prudence et Ivane ignorent sa main tendue. Un courant d'air fait voler les pages d'un journal sur la commode d'apothicaire. J'essaie d'inspirer par la bouche car mes narines sont encombrées. Elles sont pleines de l'autre, avec son air méfiant et agressif.

– On veut juste parler aux gosses deux minutes, répond Ivane, la mâchoire serrée.

Il fait un pas en avant et son poids fait craquer le plancher à l'entrée du couloir.

– À sept heures du matin ? Pour quelle raison ? Qu'est-ce qu'elles ont fait ? s'impatiente l'autre.

J'aimerais tant lui ordonner de se taire, mais je n'y parviens pas. Je ne peux pas mettre la peur de côté. J'ai oublié tout le reste. Ainsi, je ne sais plus comment m'opposer à lui. Paralysée, je guette Sacha qui se ronge les ongles. Elle ne parlera pas sans mon autorisation. Elle a promis.

Ivane soupire lourdement, il passe sa main gantée sur son front fendu. La cicatrice a raison. Elle est devant un être abominable.

– Habillez-vous, mes bichettes, on va faire un tour ! lance Prudence avec légèreté.

Dos à nous, l'autre se dresse, tel un loup prêt à bondir. Il nous jette un coup d'œil. Nous reculons.

– Qu'est-ce que c'est que cette mascarade ? s'étonne-t-il, le ton ferme.

Sacha se réfugie derrière moi, terrifiée. Sa respiration haletante me brûle la colonne vertébrale. Ivane s'avance, forçant le parâtre à s'adosser contre le mur pour le laisser entrer.

– Aide les gosses à trouver leurs affaires, dit-il à Prudence sans quitter l'autre de son œil valide.

Elle entre sans hésiter une seconde, essuyant ses chaussures sur le paillasson comme s'il s'agissait d'une visite de courtoisie. Elle prend même le temps de nous embrasser.

– Vous n'avez qu'à prendre l'essentiel, suggère-t-elle, nous caressant du regard.

J'ignore ce qu'elle entend par « l'essentiel ». D'instinct, il me vient à l'esprit le fusil de chasse de papa. Chargé de deux cartouches. Sa crosse calée contre mon aisselle, un index sur la gâchette, la bouche du canon contre le front de…

– Regarde-moi, Phénix. Respire. Tout va bien, d'accord ? Vos bottes suffiront.

J'examine une dernière fois l'emplacement de la carabine, dissimulée sous une latte, à quelques mètres de Cha. Ses mains tremblent ; on dirait un champ de coquelicots avant l'orage. Je m'empresse de l'aider à nouer ses lacets. Soudain, je fixe nos manteaux. Ils sont derrière la porte contre laquelle il est appuyé. Dépourvue d'arme, je n'arriverai pas à l'affronter.

– Vous n'en avez pas besoin. Il fait chaud à la maison, assure Prudence.

« À la maison », je répète comme s'il s'agissait d'un dialecte inconnu.

Nous nous laissons entraîner non sans inquiétude. Cependant Ivane est semblable à un aimant, se mouvant à l'instant où le loup tente de nous retenir.

– Qu'est-ce que vous croyez ? Ça ne va pas se passer comme ça ! Je vais appeler Erika ! s'emporte-t-il, comme un enfant gâté.

– C'est déjà fait, nom de Dieu ! gronde Ivane, le poing sur la porte.

Ma sœur et moi sursautons, puis nous figeons, tête basse, de peur d'être transformées en pierre si par mégarde nous croisions le regard de l'autre.

– Allez, les filles ! s'exclame Prudence, les bras sur nos épaules.

Les jambes fébriles, nous marchons à toute vitesse, sans nous retourner, jusqu'au camion de la scierie.

Je ne pense à rien.

Cela fait deux cent quarante secondes, soit quatre

minutes – j'ai compté –, que nous sommes assises en silence, à observer le porche, quand un cri rauque se fait entendre. Prudence active la fermeture des portières, les mains scellées au volant, les genoux agités, le visage pourtant paisible. C'est une partition qu'elle a déjà jouée, je suppose. Elle doit connaître la dernière note, elle l'espère autant que nous.

Au plus près de Cha, je presse mes mains sur ses oreilles car des bruits d'objets fracassés proviennent de l'entrée. « Ferme les yeux », lui dis-je. Elle obéit. Elle ne voit pas passer l'autre en trombe, le nez en sang, suivi d'Ivane, marchant calmement, les mains dans les poches. Aucun des deux ne parle, comme s'il s'agissait d'un film muet, en rouge et blanc. L'autre s'arrête alors devant les phares allumés du camion, ébloui. Pour lui, nous sommes invisibles, à contre-jour, mais pour moi, c'est un curieux spectacle que de le voir démuni, traqué, le corps vacillant dans la neige. D'un mouvement de bras, j'enfouis la figure de Sacha sur ma poitrine. Il ne faut pas qu'elle ouvre les yeux sur ça, peu importe ce qu'il va se passer. Elle en a déjà trop vu.

Ivane s'immobilise alors que l'autre rejoint le ponton puis saute à pieds joints sur la glace.

– Où va-t-il ? demande Prudence.

– Sur le lac, rétorqué-je.

Sur ces mots, elle ouvre sa parka, soulagée. J'aperçois son pyjama d'homme à rayures. Elle me sourit, les doigts dans ses boucles emmêlées, honteuse d'être si peu apprêtée. Si je pouvais articuler, je lui dirais qu'il n'existe aucune femme au monde plus belle qu'elle en cet instant précis.

Nos regards se croisent et un lien immuable se crée. Parce qu'elle n'a pas pris le temps de se coiffer, de s'habiller, de comprendre. Il lui a suffi de savoir qu'un homme – un inconnu – la suppliait de venir nous chercher au plus vite pour qu'elle prenne la route à l'aube, et nous mette à l'abri.

Elle nous croit et cela vaut toutes les familles du monde.

L'autre disparaît en bordure du lac, une silhouette à quatre pattes dans le brouillard. Ivane s'en retourne, avec sur son visage l'expression du chasseur qui revient bredouille. Il prend le volant et Prudence se glisse à côté de moi, sans me toucher.

Elle a raison, j'ai besoin de place pour prendre la mesure de ce qui vient de se produire.

27

Sacha et moi sommes sous le choc. Nous n'avons ni soif, ni faim, ni froid, ni chaud, comme nous tentons de le faire comprendre à l'énième policier s'inquiétant de notre état.

Si nous avions l'intention de nous effondrer, nous ne le ferions surtout pas au milieu d'inconnus et d'ivrognes, prostrées sur des chaises en plastique qui grincent au moindre de nos mouvements. De toute façon, nous n'allons pas verser une larme pour Jessup Smith. Nous nous le sommes juré.

Nous formons un bloc impénétrable que nul cadavre ne peut briser.

– Les plongeurs ont retrouvé son corps à une dizaine de kilomètres de votre maison, au pied d'un grand hêtre, précise un uniforme différent.

Peut-être notre grand hêtre. Celui des sauts dans le lac en été. Mère Nature savait et elle s'est vengée. Sacha avait raison. Elle était de notre côté dès le début. Les signes étaient inévitables. Je les ai juste ignorés par désespoir.

Erika revient de la morgue, où elle a identifié le corps.

Elle tamponne ses cils de son mouchoir pour empêcher son mascara de couler. Elle a l'air triste et ça m'écœure. Brusquement, elle se ressaisit, faisant demi-tour pour disparaître derrière le mur recouvert d'avis de recherche. Je l'entends s'affairer ; des pièces de monnaie cliquettent, certaines roulent au sol. Elle réapparaît au bout de quelques minutes, les yeux rouges mais secs, deux gobelets fumants entre les mains.

– Attention, c'est chaud. Vous avez faim ? s'enquiert-elle. Je peux vous acheter quelque chose au distributeur si...

– Est-ce qu'on peut retourner chez Ivane ? interrompt Cha, qui n'avait pas prononcé un mot depuis le début de la matinée.

Erika et papa m'examinent, craintifs. Ils ont honte – je crois – de nous refuser ou même de nous accorder leur permission, comme s'ils s'interdisaient le droit d'être nos parents. Ils préfèrent attendre mon signal, me confiant le monopole des décisions importantes. Or mon seul désir, à présent, est de me reposer sur eux. Cependant, aujourd'hui, je me contente d'approuver d'un geste de la tête, trop exténuée pour me lancer dans des discussions compliquées.

– Il faut juste prévenir Prudence, précisé-je.

– Oui, bien évidemment, disent-ils en chœur.

Alors ils s'animent, une main dans la poche à la recherche des clés de la voiture, le portable à l'oreille. Où est la sortie déjà ? Par ici. Où es-tu garé ? Par là. Les têtes se cognent, les jambes se croisent, des rires nerveux éclatent.

Bouche bée, nous les regardons graviter autour de nous, pareils à deux serviteurs, empressés et dociles. Vous n'avez pas oublié vos bonnets ? On pourrait manger un morceau chez Archie's ? Ou bien prendre à emporter ? Vous aimez toujours leurs omelettes, n'est-ce pas ? Et le bacon ? Nous ne savons pas à qui répondre, nous souvenant à peine de la dernière question. Ils nous donnent le tournis tant ils paraissent anxieux, déboussolés. Ils sont anxieux, inondés de remords, terrorisés à l'idée de commettre une erreur à nouveau. Papa le premier.

Il fallait le voir à son arrivée. Je ne sais combien de fois il s'est confondu en excuses avant de s'effondrer dans nos bras. Il a sangloté longtemps, puis il a mis un point d'honneur à « tout nous raconter », sur-le-champ. Après des mois de silence, j'ai pensé que la parole se libérait avec une facilité déconcertante. On aurait dit qu'il récitait des vers, comme avant. Sauf que ce poème ne m'a pas plu.

La vérité, c'est qu'il nous a abandonnées pour une stupide mission de sabotage aux Malouines. L'Earth Liberation Front avait repris contact avec lui le 29 juin, soit deux jours avant son départ, lui offrant une seconde chance après l'échec de l'abattoir. Il n'avait pas réfléchi aux conséquences, aveuglé par son engagement et ses rêves d'aventure. Et lorsque au bout de quelques milles il s'était aperçu de sa lâcheté, « il était trop tard », a-t-il avoué. Je n'ai pas souhaité en entendre davantage et je le lui ai fait savoir. Il a ouvert la bouche mais j'ai secoué la tête. « Il n'est pas trop tard, papa, ai-je protesté, il est trop tôt.» Pour moi, en tout cas, il est trop tôt pour revenir à ce que nous étions. Et lui accorder mon pardon me paraît, encore maintenant, au-dessus de mes forces.

En arrivant chez les Baldini, je n'ai pas envie de m'enfermer à l'intérieur. Je veux voir la vallée blanche tachée de ce trou dans la glace, m'assurer que la mort de Jessup Smith est réelle.

Il était introuvable ces derniers jours, et nous ne nous sentions en sécurité nulle part. Ivane s'est terré avec nous, sa carabine posée sur ses lourdes cuisses. Blotties contre lui, nous avons peu parlé et il n'a pas insisté. Je crois que, mis à part Prudence, personne ne sait poser les questions. Ils craignent nos réponses. Ils redoutent nos aveux qui les rendraient trop malheureux. Seulement, si je me confie, ce n'est pas pour être prise en pitié, encore moins pour m'apercevoir que je suis allée trop loin, que je les effraie avec mes histoires de parâtre.

Pour ma part, il s'agit de faire le deuil de cette Phénix apeurée et muette. De déposer quelques fleurs à ses pieds et de la laisser reposer pour toujours, gisant là au fond de moi.

Mais, pour l'instant, je n'en suis pas capable.

Soudain, Prudence est à mes côtés, épaule contre épaule.

– C'est une habitude à perdre, déclare-t-elle.

– De quoi ?

– De croire qu'il est toujours derrière toi, avoue-t-elle, se remémorant ses propres craintes.

Il est vrai que cela me trouble et me serre le cœur. Me rappeler la terreur chaque fois que quelqu'un essuie ses lunettes.

– Tous les hommes bruns lui ressembleront toujours de dos, poursuit-elle. Ce qui est plutôt un avantage pour toi.

– Comment ça ? lui demandé-je, blessée.

Il n'y a aucun privilège dans cette histoire.

– Parce que tu les aimes plutôt blonds, plaisante-t-elle.

Je ris, embarrassée. Je n'en aime qu'un, oui.

– Allez, viens te mettre au chaud. Il n'y a plus ni loup, ni monstre, ni fantôme, par ici, finit-elle par dire.

28

Aujourd'hui, Sacha a treize ans et un petit ami qui m'empêche de la joindre par téléphone certains soirs. Néanmoins, ce sont les zombies qui la fascinent, toujours. Avec sa troupe de théâtre, elle terrorise la ville, la nouvelle ville.

Nous ne sommes pas parvenues à nous reconstruire à l'endroit où nous nous étions morcelées. Nous tournions en rond dans ce lieu hanté par le passé, incapables de nous projeter dans l'avenir. Nous avions besoin d'un nouveau *chez-nous*, un de ceux que l'on aime retrouver. Cha semble heureuse ici. En tout cas, si elle ne l'est pas, elle le dissimule avec brio, car les crises sont rares et la rage amoindrie. « C'est l'air marin et la ville fleurie », dit souvent papa, ayant amarré son navire pour de bon, à quelques mètres de la maison d'Erika. J'ignore si je leur ai tout à fait pardonné leur absence, mais ils ne m'ont pas donné des raisons supplémentaires de douter d'eux. Nous tâchons de passer nos dimanches ensemble, tous les quatre. Et si, par mégarde, je les oublie, c'est notre mère qui m'appelle et me somme de les rejoindre au plus vite.

Bien sûr il y a l'« effet vortex », comme l'a si bien écrit Joan Didion, « ces mille signes du réel qui vous aspirent, qui ramènent aux souvenirs de la vie d'avant ». Un tourbillon du passé peut être un cri d'enfant au détour d'une rue, un claquement de fenêtre mal fermée, un signal inconnu, trop proche ; presque tout. *Presque tout* – et elle est bien là, la solution de l'équation, dans ce *presque* plein d'espoir.

Prudence avait raison. Je me suis habituée à ne pas chercher le loup dans une foule, à ne pas paniquer lorsque se pose sur mon épaule la main d'un inconnu qui souhaite obtenir l'heure. Il m'arrive de sursauter, néanmoins la peur, *la vraie*, je l'ai désapprise. Celle qui ne vaut rien l'a remplacée. Craindre de recevoir une crotte de pigeon sur mon nouveau manteau, par exemple, est une peur à quatre sous de la vie ordinaire que j'aime plus que tout.

Je l'avoue, le passé me troublerait bien plus si je ne vivais pas avec Merlin.

Loin de nos familles, nous nous sommes inscrits à la même université pour veiller l'un sur l'autre. Lui autant que moi. C'est une question d'équilibre des cœurs, il me semble, comme si les nôtres se trouvaient chacun à l'extrémité d'une planche, posée en son centre sur une roue, et qu'ils devaient la maintenir droite. Une gigantesque balançoire à bascule sur laquelle nous apprenons à nous connaître.

Cependant, nous partageons un appartement comme deux vieux amis, rien de plus.

Même s'il ne parle d'aucune fille, je sais que les filles parlent de lui, car il n'a rien perdu de son charme. À la sortie de ses cours d'art dramatique, j'écoute les jolies actrices chanter ses louanges. Certaines d'entre elles pensent que je suis sa sœur lorsque nous marchons côte à côte. Il ne les contredit pas. Il leur fait un clin d'œil et, d'un geste familier, me tapote le bout du nez comme si j'étais Sacha. Elles gloussent et je les déteste toutes. Alors, en cours d'entomologie, lorsqu'on me demande des informations à son sujet, je prétends mal le connaître, être une simple colocataire. Mais je ne suis pas idiote, je sais que mes pauvres tentatives de sabotage n'ont aucun impact. Chaque vendredi soir, il est ailleurs, une cigarette aux lèvres, et à l'aube je reste sur le seuil de sa chambre, les yeux sur son lit vide. Je lui en veux de toujours choisir ce jour – notre jour – pour s'éclipser et m'oublier, le dépouillant ainsi de son importance et de sa signification.

Il m'arrive d'avoir tant de peine que je suis forcée de sortir de l'appartement. À cause de tout cet espace qu'il occupe même quand il n'est pas là, de toutes ces plantes qu'il a rapportées pour me faire plaisir, des vêtements imprégnés de son odeur de chlore sur l'étendoir, de ses dessins qu'il glisse sous ma porte quand il croit que je suis fâchée alors que je suis juste jalouse, et de toutes ces foules de petites choses qui me lient à lui de façon invisible.

Naturellement, il est trop tard pour dire à Merlin qu'il

n'y aura personne d'autre que lui. J'ai eu ma chance et je l'ai laissée filer.

Hier soir, Sacha m'a appelée et m'a dit « il est temps ». Nous n'avons pas besoin de beaucoup de mots pour nous comprendre. Il était temps d'y retourner, ai-je saisi. De plonger à nouveau dans le terrier d'Alice et d'y mettre le feu, comme Erika l'avait fait avec les affaires de papa.

Merlin nous y conduit, sans poser de questions, prenant Ivane et Prudence au passage. Au cas où lui seul ne suffirait pas à nous consoler, si l'une de nous deux se laissait submerger par l'émotion.

La chose qui me frappe le plus est de constater que la maison n'a pas changé. Je m'attendais à la voir dévorée par le temps, mais elle se tient debout, semblable à ce qu'elle était en cette nuit de décembre. Je songe aussitôt au théâtre, où les décors en carton portent la marque de l'Histoire pour accentuer le drame. Dans la réalité, ce sont les gens qui vieillissent.

Les alentours, eux, sont à présent sauvages, difficiles d'accès. Les roseaux et quelques fleurs des champs poussent par-dessus le porche, à travers les lattes du parquet, reprenant leurs droits.

Je fais le tour de la maison, humant l'été comme je l'aime : moite et florissant. Les insectes bourdonnant autour des fleurs forment un couvercle au-dessus du jardin. Je m'y aventure, écartant les longues tiges des asters, foulant la terre sèche et fissurée avec vigueur. Je n'ose mettre un pied dans la serre tant elle ressemble à une jungle grouillant de vie et de ronces.

Sacha m'embrasse avant de s'éloigner aux côtés des Baldini et de Pan, comme avant. Elle veut vérifier si notre hêtre est toujours debout.

– Tu préfères être seule ? me demande Merlin.

– Non, non, tu peux rester.

Nous nous asseyons sur le ponton. Et soudain, je sens le poids de tout ce que j'aimerais lui confier au fond de mon estomac, comme un sac de pierres. S'il nous prenait l'envie de nous baigner, je me noierais.

– Tu te souviens de la boîte que j'avais fabriquée pour toi ? dit-il, timide.

– Bien sûr, oui, je l'ai toujours. J'y range les stylos que tu sèmes partout, plaisanté-je pour me donner du courage.

Il rit doucement et je m'aperçois qu'il est resté le même garçon du vendredi. J'en ai des palpitations sous la chaleur de ce mois de juillet.

– *Jeg tror jeg elsker deg*, tu t'en souviens aussi ? prononce-t-il avec sérieux, les yeux sur la rive opposée.

Le cri d'une femme sur un pédalo me fait tourner la tête. J'attends que le vortex passe avant de répondre.

– Je me rappelle, mais tu ne m'as jamais dit ce que ça voulait dire.

– Tu n'as jamais cherché, accuse-t-il, blessé.

Parce que je n'étais pas sûre qu'il s'agissait d'une phrase importante.

Il serait plus simple de vivre dans une bande dessinée. Nous n'aurions pas besoin de bravoure. Nous aurions des phrases toutes prêtes au-dessus de nos têtes.

– Tu ne veux pas me la traduire parce que tu n'es plus sûr de penser la même chose, n'est-ce pas ? osé-je le défier à mon tour.

Subitement, il pivote vers moi pour m'examiner avec aigreur, comme si je venais de lui cracher dessus. J'en ai les larmes aux yeux. D'un petit geste du pied, je l'arrose pour détendre son visage contrarié. Mais il secoue la tête afin de chasser ce qu'il s'apprêtait à dire. Il se lève et se dirige vers la voiture. Je crois revivre l'instant où j'ai prétendu sortir avec un autre garçon, et cela me troue l'abdomen. Je ne veux pas refaire la même erreur. Je n'ai plus aucune raison de lui mentir. Je cours derrière lui et je lui saisis la main. D'un bond, il s'écarte, les mains en l'air.

– « Je crois que je t'aime ! » Voilà ce que t'as pas été foutue de chercher pendant cinq ans ! Ce n'était pas si compliqué, non ? JE CROIS QUE JE T'AIME ! hurle-t-il, fou de rage.

Je hoche la tête puis je le rejoins, ne sachant que faire de sa colère. D'habitude, il la dirige contre les politiques, les administrations, les mauvais écrivains, contre tous sauf moi.

Et cette déclaration ? Que vaut-elle à présent que nous avons grandi ?

– Tu ne dis rien, comme d'habitude, reproche-t-il, la voix calme et l'air déçu. Tu n'as jamais rien dit.

– Tu es injuste, Merlin, je fais ce que je peux avec ce qu'il me reste, avoué-je tristement.

Alors il se met à rire, un grand éclat ricochant à la surface de l'eau.

– On s'engueule alors que c'est censé être le plus beau jour de notre vie, finit-il par dire.

Je suis trop ébranlée pour répliquer.

Par peur de dire ce qu'il ne faut pas, je me tais. Une fois de plus. C'est complètement idiot, bien entendu. J'ai des milliers de phrases pour lui au fond de moi, accumulées au fil des ans. Il me faut creuser mais je sens que le temps me manque.

Il hausse les épaules et donne un coup de pied dans une fourmilière. Il a l'air d'un petit garçon dont les amis sont partis en vacances sans le prévenir, le laissant seul à s'ennuyer tout l'été.

Moi, j'ai toujours ce fichu bouchon dans la gorge.

– Même les vendredis, tu me laisses partir comme si tu t'en fichais, avoue-t-il, à nouveau fâché. Je suis obligé d'aller dormir chez Dee tellement tout me rappelle...

– Approche, sinon je n'y arriverai pas, je l'interromps.

Il lève la tête et il marche droit sur moi.

– Je ne crois pas que je t'aime, murmuré-je, les yeux posés sur ses sourcils froncés. J'en suis absolument certaine.

À quelques centimètres de mon visage, Merlin pose une main de chaque côté de ma nuque puis il se penche, faisant taire les tourbillons au loin. « Chaque baiser est un tremblement de terre », a écrit lord Byron. Une grande accumulation d'énergie brusquement libérée qui fracture les roches en profondeur. C'est la première fois qu'une citation est fausse. Rien ne peut se fracturer puisque tout l'est déjà. C'est plutôt la première colonne d'un édifice qui s'élève enfin après des années de plans et de travaux.

Prudence siffle de façon suggestive avant d'applaudir avec vigueur, puis les autres nous rejoignent presque immédiatement.

– Phénix, les scarabées, c'est au sol qu'on les cherche, pas dans la bouche de ce gugusse, me taquine Ivane.

Nous rions à en oublier la maison, le lac et les terribles souvenirs.

Merlin me donne la main et je souris à Sacha, de ce premier sourire qui en annonce tant d'autres.

Cet ouvrage a été achevé d'imprimer
sur Roto-Page
par l'Imprimerie Floch à Mayenne
en août 2015

N° d'impression : 88696
Imprimé en France